Autorenteam Christliches Gymnasium

Tempus fugit

PRAEPARATIO EVANGELICA

Schriften des Christlichen Gymnasiums Jena

herausgegeben von

Hansjoachim Andres

und

Johannes Deja

Band III

TEMPUS FUGIT

von

einem Autorenteam des
Christlichen Gymnasiums Jena

Titelillustration: **Sophia Förster**

Die Autoren und Herausgeber danken der Künstlerin vielmals für ihre mittlerweile dritte Illustration zur Reihe „Praeparatio Evangelica".

1. Auflage, 2020

© 2020 Christliches Gymnasium, Autorenteam
Herstellung und Verlag: BoD – Books on Demand, Norderstedt
ISBN: 9783751980173

Inhaltsverzeichnis

Vorwort

Star Trek, „Zurück in die Zukunft", die Edelstein-Trilogie von Kerstin Gier, die Highland-Saga von Diana Gabaldon, Terminator, „Die Frau des Zeitreisenden" von Audrey Niffenegger, „Das Restaurant am Ende des Universums" von Douglas Adams, ...

In der Literatur und den Filmen des Science-Fiction-Genres gibt es unzählige Werke, in denen durch die Zeit – sowohl in die vergangene als auch die zukünftige – gereist wird.

Die Faszination der Geschichte unserer Welt und die Ungewissheit ihrer Zukunft inspirieren Autoren und Filmemacher immer wieder dazu, Themen aus der Vergangenheit oder spekulative Szenen der Zukunft in ihren Werken zu behandeln.

So haben auch wir, das Team der Arbeitsgemeinschaft „Junge Autoren", welche seit 2013 am Christlichen Gymnasium Jena angeboten wird und von 2016-2018 unter meiner Leitung stand, uns an dem Gebiet der Zeitreise-Literatur versucht.

Der Rahmen unseres Projektes bestand neben dem Thema der Reise durch vergangene Zeiten aus einer zusammen erschaffenen Protagonistin und ihrem Lebensumfeld, in dem unsere Erzählungen beginnen und enden sollten. Unsere Hauptfigur, eine Teenagerin mit dem Namen Paula und Tochter eines Archäologen, staunt nicht schlecht, als sie sich unverhofft plötzlich in einer anderen Zeit wiederfindet, nachdem sie sich am Kopf verletzt hat. Neben der gemeinsamen Protagonistin entwickelte sich während der Arbeit an unserem Zeitreisebuch ein weiterer gemeinsamer, immer wiederkehrender Schnittpunkt aller Abenteuer, die Paula in verschiedenen Zeiten erlebt.

Die jungen Autoren unserer Arbeitsgemeinschaft wählten sich jeweils eine Epoche aus, in welche Paula in ihrem Kapitel unseres Projektes reisen sollte. Wichtig war uns dabei auch eine annäherungsweise historische Richtigkeit der jeweiligen Zeit. Dazu haben die jungen Autoren zuvor recherchiert.

Die Abenteuer, die Paula in den Zeiten des Barocks, des alten Ägyptens und der verschwundenen Stadt Atlantis erlebt, haben wir in dem folgenden Buch zusammengestellt.

Luise Krahnert

Das Autorenteam des CGJ bedankt sich bei allen, die dieses Projekt ermöglicht haben.
Unser spezieller Dank gilt Jena Kultur, dem Lese-Zeichen e.V. und dem Knabe Verlag Weimar für Ihre Unterstützung und moralischen Beistand.
Es ist so wichtig, Menschen zu begegnen, die an einen glauben.

Autorenteam CGJ

Ägypten

Hungrig wache ich in meinem Bett auf und laufe in die Küche. Mein Vater ist schon da und bereitet das Frühstück vor. Er bittet mich, mitzuhelfen und ich schneide die Karotten. Nach ein paar Minuten ist das Essen fertig. Zum Glück ist heute Sonntag und keine Hektik. Mein Hunger ist größer und größer geworden, deshalb nehme ich mir schnell eine Portion und setze mich auf meinen Stuhl. Beim Essen erzählt mir mein Vater, dass wir in zwei Tagen für dreizehn Tage nach Ägypten fliegen werden – wegen einer Ausgrabung. Wie immer freue ich mich, wenn ich bei solchen Reisen dabei sein darf. Er sagt auch, dass ich dort auf Kamelen reiten dürfe und sogar in eine Pyramide gehen könne. Ich bin fertig, habe keinen Hunger mehr und laufe mit meinem Vater rüber in unser Wohnzimmer. Dort mache ich dann den Fernseher an. „Ich möchte Nachrichten sehen", ruft mein Vater durch den Raum und schaltet den richtigen Kanal ein. Ich stöhne kurz, doch dann interessiere ich mich auch für die heutigen Themen. Nach elf Minuten ist es vorbei. „Ich bin dran!", rufe ich. „Ich möchte ‚Riverdale' schauen." Leider auch nur elf Minuten. Da schaltet mein Vater plötzlich den Fernseher aus und ich gehe in mein Zimmer. Ich setze mich an meinen Schreibtisch und hole ein weißes Blatt Papier heraus. Mmh; ich könnte vier Pyramiden, einen Pharao, drei Katzen, viele Sklaven und einen großen Palast zeichnen. Ich lege los: Meine Lieblings-CD läuft, das Papier liegt bereit, meine verschiedenen Bleistifte sind schon da und Go! Jetzt kommt der Refrain! „Hello, can you hear me?" So macht es richtig Spaß! Nach ungefähr 23 Minuten kommt mein Vater ins Zimmer und fragt: „Na, was malst du? Sieht ziemlich gut aus." Und dann erzähle ich ihm, dass es eine kleine Geschichte über das alte Ägypten erzählen soll. Mit einem Pharao, Katzen, Pyramiden und einem riesigen Palast. Wie immer ist mein Vater übertrieben begeistert und schon kommt auch sein Lieblingssatz: „Super gemacht, mein Töchterchen. Ich bin so stolz auf dich!" Er übertreibt halt manchmal. „Nimm es doch mit zu meinen Kollegen in Ägypten." Ich nicke schnell, wobei ich bei dem Gedanken schon schreien muss. Dann geht er zum Glück und lässt mich in Ruhe. Später bringt er mir einen Zettel, auf dem steht,

was ich für die Ägyptenreise in meinen Koffer packen soll. Ich
schaue mir das Blatt an.

Bitte einpacken:

- *14 Unterhosen*
- *7 lange Hosen*
- *8 kurze Hosen*
- *5 lange T-Shirts*
- *7 kurze T-Shirts*
- *1 Paar Stiefel*
- *3 Paar Sandaletten*
- *14 Paar Socken*
- *2 Jacken*
- *14 Unterhemden*
- *Beschäftigungssachen*

Ich fange an, meine Sachen in den schwarzen Koffer mit den
weißen Punkten zu packen. Nach kurzer Zeit packe ich dann
meine Beschäftigungssachen. Vermutlich werde ich die sowieso
nicht brauchen, da ich viel lieber Ägypten *live* erkunde. Aber
natürlich muss ich auch ein Wissensbuch über Ägypten mitnehmen, obwohl ich wahrscheinlich aus Zeitgründen eher nicht zum
Lesen kommen werde. Ein Domino, ein lustiges Kartenspiel und
ein „Mensch ärgere Dich nicht" kann bestimmt auch nicht scha-
den. Aber ob Papa überhaupt Zeit haben wird, mit mir etwas zu
spielen? Oder werde ich die ganzen Tage nur etwas alleine
machen? Werde ich Freunde finden? Oder mich dort überhaupt
wohlfühlen? Ein lautes Donnern bringt mich aus meinen Gedanken und ich merke, wie mein Vater probiert, seinen Koffer die
Treppe herunterzubringen. Er wird es schon selbst schaffen, aber
irgendwann wird es mir zu laut und ich bekomme Mitleid mit mir
und unseren Nachbarn. Ich laufe zu meinem Vater und schon als
er mich sieht, meint er: „Kannst du mir helfen?" Ich gucke
genervt und antworte matt: „Klar!" Naja, so schwer ist das jetzt
auch nicht. Fertig! Jetzt steht er im Flur. „Danke, Paulchen!", sagt
mein Vater erleichtert und ich gehe wieder in mein Zimmer.
Warum packt mein Vater denn heute schon? Der Flug ist doch
erst morgen. Ich entspanne mich und lese im Sherlock-Holmes-

Buch. Eine spannende Stelle nach der anderen, aber irgendwann sollte ich dann auch meine Hausaufgaben machen.

Latein ist schnell erledigt, bei Mathe wird es schwerer. Wir bearbeiten gerade die Stochastik, ein grauenvolles Thema! Zum Glück gibt es ja das gute Internet, was es mir sowieso besser erklärt als unser grauenvoller Mathelehrer. Jetzt widme ich mich wieder meinem Koffer, der nach kurzer Zeit auch endlich gepackt ist. Ich kann es kaum mehr erwarten, nach Ägypten zu fliegen. Mein Vater kommt wieder zu mir runter und teilt mir mit: „Hi Paula, ich habe gerade eine Nachricht von einem meiner Kollegen bekommen, dass unser Flug leider vorverlegt werden musste. Wir müssen also bald los, das Taxi holt uns in 33 Minuten ab." Was für ein Glück, dass ich meinen Koffer schon gepackt habe. Schnell packe ich noch zwei Äpfel und eine große Flasche Wasser für jeden ein. Da klingelt auch schon der Taxifahrer an der Haustür.

Zügig legen wir unsere Koffer in das Taxi. „Ich hole noch mein Handgepäck!", rufe ich in die Richtung meines Vaters, der mir zunickt und sich schon einmal ins Taxi setzt. Ich renne schnell hoch und nehme mein Handgepäck. Atemlos renne ich wieder hinaus zum Taxi und setzte mich auf den Rücksitz. Der Fahrer fährt ruckartig los. Ich blicke nach draußen und überlege, wie es wohl in Ägypten sein wird. Da ruft mein Vater auf einmal: „Na toll! Unser Flugzeug fliegt in einer halben Stunde und wir stehen im Stau!" Ich kann ihn verstehen und stöhne kurz. Mist! Wir sind am Ende mit unseren Nerven. Aber zum Glück löst sich der Stau und wir fahren langsam, aber sicher weiter. Erleichtert nehme ich mein Buch und fange an zu lesen, bis mein Vater laut ruft: „Wir sind da! Beeile dich Mäuschen, wir sind spät dran." Schnell packe ich mein Buch ein, schnappe mir mein Handgepäck und laufe zum Kofferraum. Dort hole ich eilig meinen Koffer und den meines Vaters heraus. Mein Vater zahlt noch kurz die Fahrt mit dem Taxi, dann kommt er zu mir gerannt. Gemeinsam laufen wir in die Eingangshalle des Flughafens und weiter zum Check-in.

Wie durch ein Wunder können wir noch einchecken und rechtzeitig zum Gate kommen. Nachdem wir unsere Koffer los und ins Flugzeug eingestiegen sind, entspannen wir uns langsam wieder und ich beginne in meinem Sherlock-Holmes-Buch weiter zu lesen. Immer wieder spricht mein Vater englisch mit den Stewardessen im Flugzeug.

Dann kommt auch eine Stewardesse zu mir und fragt mich: „What would you like to eat?" Mein Vater muss mich erst anstupsen, bis ich reagiere und antworte dann: „Could I have an apple and some orange juice, please?" Die Frau sagt daraufhin freundlich: „Yes, wait a minute." Auch die Kollegen von meinem Vater, von denen einige mit in diesem Flugzeug sitzen, werden nach ihren Wünschen gefragt. Ich lege mein Buch zur Seite und trinke genüsslich meinen Saft. Im nächsten Moment schlafe ich ein …

Auf einmal höre ich die Durchsage, „Fasten your seatbelts, please!" Ich bin sofort hellwach. Ich schaue schnell aus dem Fenster und sehe das schöne Ägypten unter mir vor meinen Augen. Ich sehe Pyramiden und Kamele und alte Häuser. Plötzlich fällt mir ein, dass ich ganz vergessen habe, Soph Bescheid zu sagen. Ich bitte meinen Vater mich zu erinnern, Soph anzurufen, sobald wir Zeit dazu haben. Schon beginnt das Flugzeug mit dem Landeanflug. Der Pilot legt eine sehr sanfte Landung vor. Während wir noch über die Landebahn rollen kommt die Durchsage, dass wir unsere Sicherheitsgurte wieder öffnen können und die Türen sich in Kürze öffnen werden. Als das Flugzeug auf seinem Parkplatz zum Stehen kommt, öffnen sich die Türen und alle Leute drängeln hinaus. Ich folge den anderen Passagieren mit meinem Handgepäck in Richtung Ausgang. Ich rufe meinem Vater, der auf der anderen Seite des Flugzeugs aussteigt, schnell noch zu: „Wir treffen uns bei der Passkontrolle!" Er nickt und läuft weiter. Schnell bin ich beim vereinbarten Treffpunkt und suche meinen Vater, der gerade mit einem Mann redet. Vermutlich ein Kollege von ihm. Da fällt mir wieder ein, dass ich Soph noch anrufen wollte. Jetzt wäre ein guter Zeitpunkt. Deshalb rufe ich sie schnell an, nachdem mir der teure ägyptische Tarif mitgeteilt wurde. Da höre ich auch gleich ihre Stimme: „Hi Paula!", sagt sie und ich antworte: „Hi Soph, ich wollte dich eigentlich schon viel früher anrufen, aber dazu hatte ich dann keine Zeit. Tut mir leid." – „Nicht schlimm. Was ist denn los?", fragt sie neugierig. „Mein Vater und ich sind gerade eben in Ägypten angekommen." – „Was, jetzt schon? Ihr wolltet doch erst später fliegen. Ich wünschte, ich könnte mit dabei sein.

Schade. Wann kommst du denn wieder?", fragt sie und ich antworte: „Erst in dreizehn Tagen." – „Was? So lange halte ich es nicht ohne dich aus! Was soll ich nur so lange ohne dich machen?" – „Tut mir leid. Du kannst dich ja vielleicht mit den anderen Mädchen aus unserer Klasse treffen und quatschen." – „Nee, die sind doch voll komisch, das weißt du doch." –„Stimmt, dir wird schon was einfallen. Wir können ja jeden Tag telefonieren, wenn ich in der Wohnung einen Festnetzanschluss habe. Immer abends?" – „Gut, da habe ich Zeit." – „Was machst du eigentlich gerade?" – „Hausaufgaben." – „Oh, du Arme!" – „Ich muss jetzt auflegen. Bis heute Abend!"
Ich gehe zu meinem Vater, der immer noch mit dem Mann redet. Beim Näherkommen kann ich den Mann besser erkennen, er trägt langes dunkles Haar, das ihm bis zum Bauch geht. Außerdem hat er einen ungepflegten Schnurrbart und eine große Nase. Der Bauch ist im Vergleich zu seiner kleinen Statur erschreckend dick. Sein rotes T-Shirt und seine blaue Hose sehen schmuddelig aus und die braunen Sandalen sind auch schon sehr kaputt. Meinem Vater werfe ich einen fragenden Blick zu, der daraufhin das Gespräch zügig mit den Worten: „Wir sehen uns dann morgen!", beendet. Sogleich läuft mein Vater zu mir und sagt: „Das war ein neuer Kollege von mir, der wissen wollte, wann wir morgen mit der Ausgrabung beginnen." – „Ach so", antworte ich trüb und folge meinem Vater. Nach kurzer Zeit kommen wir bei der Ferienwohnung an. Dort empfängt uns auch schon die Vermieterin und zeigt uns unsere Zimmer. Ich habe ein Zimmer ganz allein für mich, wie zu Hause! Es ist wundervoll. Das Zimmer ist bunt gestrichen, es gibt ein Hochbett, ein Sofa, ein Bücherregal und sogar einen Fernseher! Ist das cool! „Räum doch schon mal dein Zimmer ein, Paula", ruft mein Vater mir zu, doch ich denke gar nicht dran und lege mich einfach auf das weiche Hochbett. An der Decke sind Wolken aufgezeichnet, die einen an den blauen Himmel draußen erinnert. Nach kurzer Zeit schlafe ich auch schon ein.
Da werde ich aus meinem Schlaf gerissen. „Aufstehen!", sagt mein Vater leise und stupst mich an. „Was ist passiert?", frage ich verschlafen und mein Vater antwortet: „Wir sind in Ägypten, es ist Zeit aufzustehen." – „Ist es schon nächster Morgen?" – „Ja, ich habe gedacht, gestern war wirklich ein stressiger Tag und

habe dich ausschlafen lassen." – „Danke", meine ich daraufhin müde und hungrig. Ich gehe bald darauf zu meinem Vater, der in der Küche sitzt. Dort steht schon ein leckeres Frühstück auf dem Tisch. Es gibt ebenfalls einen Fernseher, was für mich ungewohnt ist. Mein Vater ist gerade dabei, einen Sender mit Nachrichten einzustellen. „Nun das Wetter: …", sagt die Nachrichtensprecherin, doch da hat mein Vater auch schon den Fernseher ausgeschaltet und ist ins Bad gegangen. Ich bleibe noch ein bisschen sitzen und genieße den schönen Morgen. Ich räume noch schnell das Geschirr in die Spülmaschine, bevor ich ebenfalls ins Bad gehe. Heute ziehe ich mein gepunktetes Lieblings-T-Shirt und eine schwarze Hose an. „Mach schnell, Paula. Wir müssen pünktlich bei meinen Mitarbeitern ankommen", ruft mein Vater mir ins Bad und zieht schon seine Schuhe an.

Kurz darauf laufen wir zu den Kollegen meines Vaters. Alle sind nicht weit von hier entfernt. Als erstes begegnet mir das Gesicht des kleinen, dicken Mannes mit den langen Haaren, der mich genauso griesgrämig ansieht, wie bei unserer ersten Begegnung. Im nächsten Moment redet er schon auf meinen Vater ein. „Komm, wir warten schon lange auf dich", sagt er, als würden er und mein Vater sich schon ewig kennen, obwohl sie sich erst höchstens einen Tag kennen und mir ist er immer noch nicht sympathisch. Ich schaue ihn unverwandt an, woraufhin er diesen Blick noch böser erwidert. Es ist, als würden zwischen uns beiden zischende Blitze flackern, die nichts als Hass zu bedeuten scheinen. Mein Vater bemerkt diesen Blick und redet gleich darauf mit seinem blöden Kollegen. Der Mann blickt mich noch einmal vernichtend an, doch dann geht er. „Hey, was hast du denn gegen ihn? Er ist doch ganz nett", sagt mein Vater eindringlich zu mir und sieht mich unverständlich an. Auch wenn er nicht halb so böse wie der Mann schaut, hatte ich plötzlich ein bisschen Angst vor ihm. Doch dieses Gefühl – die Angst – kommt nicht von meinem Vater, sondern von dem immer noch brennenden Blick des Mannes. Ich erzittere für einen Moment, bis ich merke, dass mein Vater mich immer noch erwartungsvoll ansieht und ich zu ihm sage: „Irgendwas ist mit ihm. Merkst du das nicht?" Mein Vater zuckt nur mit den Schultern und geht wieder zu ihm hinüber. Pah! Irgendwie werde ich herausfinden, was genau an ihm so komisch ist, oder es nur an seinem seltsamen Kleidergeschmack liegt. Warum hat er mich schon, als er mich gesehen hat, so finster angeschaut? Oder war es doch ich, die den Streit angefangen hat? Vorsichtig gehe ich wieder zu meinem Vater, aber der scheint schon so genervt von mir – oder der Arbeit – zu sein und mir enerviert sagt: „Ich habe jetzt wirklich keine Zeit für deine Detektivarbeit!" – „Dann gehe ich eben, aber ich werde es dir irgendwann schon beweisen! Wirst schon sehen!" Ganz wohl ist mir bei dieser Sache auch nicht, aber ich habe ja mein Handy dabei und kann ihn jederzeit anrufen. Nach einigen Metern komme ich zu einer großen Menge von Menschen, die an einem Stand anstehen und sich lautstark um etwas streiten und drängeln. Im nächsten Moment bin ich mit in der riesigen Versammlung von Menschen und weiß nicht mehr, wo unten und wo oben ist. Ein großer Mann rempelt mich unverschämt an und bringt mich zu Fall. Mit dem Kopf voran falle ich auf den harten Boden. Alles wird schwarz vor meinen Augen, immer noch weiß ich nicht, wo oben und unten ist. Mein Puls steigt, das Atmen wird schwieriger, ich zittere. Langsam versuche ich meine Augen zu öffnen. Alles was ich sehe, ist Dunkelheit. Doch plötzlich erkenne ich ein leichtes Licht, das immer heller und heller wird, bis ich mir die Hand wegen der plötzlichen Helligkeit vor mein Gesicht halten muss. Schon erkenne ich eine Landschaft. Die Menschenmenge ist weg. Die Landschaft ist wie in Ägypten, sandig und steinig, doch sie sieht auch etwas anders aus, neuer und belebter von kleinen Tieren. Es ist wie in einer anderen Zeit, im alten Ägypten. Ich erinnere mich daran, wie ich vor einiger Zeit auch plötzlich in einer anderen Zeit war. Doch wie ist das möglich? Behutsam gehe ich ein paar Schritte um eine Pyramide, die einige Meter links von mir aufgebaut ist. Ein ordentliches Bauwerk! Jeder Stein ist vernünftig gemeißelt und an die richtige Stelle gesetzt worden. Gewaltig, dass die schon seit mehr als 2000 Jahren steht! Ich höre ein Rauschen, das immer wieder leise und wieder lauter wird. Der Nil! Ich folge dem Rauschen und schon bald stehe ich vor ihm. Ein wundervoller Fluss. Hier unten am Ufer sind noch viele andere Leute, die ganz gebannt aufs Wasser blicken und aus dem Staunen nicht mehr herauskommen. Schnell kann ich erkennen, was die Leute da so bewundern: Ein Schiff kommt an! Ein riesiges Schiff, aus dem allerdings nur eine Person heraustritt. Sofort erkenne ich die Person. Es ist Caesar! Zwar ist er älter und kahler, als er zumeist abgebildet wird, aber doch unverkennbar. Er schwingt eine Hand zur Begrüßung und ruft etwas auf Griechisch. Jetzt kann ich eine weitere Person am Nil erkennen. Kleopatra, die ich mir allerdings etwas anders vorgestellt hatte. Sie sitzt in einer würdevollen Sänfte, die von Sklaven getragen wird. Sie begrüßen sich und gehen anschließend in Richtung des Palastes der Kleopatra. Alle folgen, auch ich. Anschließend betreten Caesar und Kleopatra den Palast und alle anderen Menschen gehen langsam auseinander, doch ich bin viel zu neugierig, als dass ich einfach davongehen könnte und suche eine Möglichkeit, in den Palast zu gelangen. Einige Meter von mir entfernt sehe ich auf einmal, wie ein Töpfermeister mit seinen Krügen auf den Palast zugeht. Er hat seine großen Krüge fein verschnürt auf eine Holzkarre gebunden. In Sekundenschnelle habe ich einen Plan, schleiche mich an diesen Karren heran und springe auf. Zum Glück gibt es einen riesigen Krug, in dem ich mich sogleich verstecke. Unbemerkt gelange ich so in den Palast. Nachdem der Karren dort zum Stehen kommt und sich nichts mehr rührt, steige ich vorsichtig wieder aus. Auf Zehenspitzen folge ich einigen Dienern, die den Töpfer hinter sich herführen. Bestimmt werden sie zu Kleopatra gehen, damit sie sich die Krüge aussuchen kann. Vor einer wunderschön verzierten und gigantisch großen Tür bleiben sie ruhig stehen. Die Tür öffnet sich wie von selbst. Wahrscheinlich hat sich der Töpfer dabei so sehr erschreckt, dass er den einen edlen Krug fallen lässt. Alle Diener und der Töpfer sind in großer Aufregung. Diesen Moment nutze ich, um mich unauffällig an den Leuten vorbei zu schleichen. „Das Brot wird immer knapper, die Sklaven arbeiten nicht mehr. Kleopatra, Ihr braucht meine Hilfe. Wenn wir uns zusammenschließen, kann alles gut werden", höre ich eine Männerstimme sagen. Caesar. Ich sehe Kleopatra hin und her laufen, als würde sie immer noch überlegen. „Nein, Caesar, die Ägypter sind und bleiben für immer ein stolzes und starkes Volk, das auf keine Hilfe angewiesen ist. Es tut mir leid, wenn Ihr Probleme mit Eurem Volk habt, aber uns geht es gut und das wird auch so bleiben", sagt sie schließlich. „Aber Kleopatra, seid nicht so blind, was Euer Volk betrifft, Euer Volk braucht unsere Hilfe. Wenn wir uns verbünden, dann könnten Eurem Volk Wohlstand und Wohlergehen zuteilwerden." – „Ich habe meine Meinung dazu abgegeben und wenn Ihr es noch einmal wagen solltet, mich blind zu nennen, dann wird es auch kein weiteres Treffen mehr geben!", gibt sie zurück, aber Caesar versucht es weiter: „Überlegt doch noch einmal! Wir brauchen gegenseitige Hilfe! Gemeinsam können wir es schaffen!" Er hält inne. „Ich mache Euch ein Angebot, ich werde Euch …" – „Ich brauche keine Hilfe!"

Ich drehe mich um und betrachte staunend den Palast. Er ist so groß und mit Gold verziert, Wandgemälde zieren die Flächen und überall am Rande des Raumes liegen Tongefäße mit kleinen Lichtern darin. Plötzlich tippt mich jemand an die Schulter und hält mich mit einem kräftigen Griff der Hand fest. Ich drehe mich langsam um, vor mir steht kein anderer als Caesar. Eine der Wachen Caesars hält mich fest, Kleopatra und Caesar stehen vor mir. „Wie bist du eigentlich hereingekommen?", fragt Caesar geistesabwesend. „Äh … ich … ähm …", stottere ich.

„Stellt Sie irgendwohin, wo Platz ist", sagt Caesar in die andere Richtung und im nächsten Augenblick kommen auch schon zwei Wachen, die mich davonzerren. Sie ziehen mich unvorsichtig einen langen Gang entlang und schließlich erblicke ich schon eine Küche. Tausende Leute arbeiten, Töpfe und Teller stehen überall und es duftet nach leckerem Essen. Plötzlich steht ein kleiner Mann mit einer Kochmütze vor mir und denen, die mich hergebracht haben. „Was wollt ihr hier?", fragt er die Wachen neben mir mit tiefer und rauer Stimme und die Wachen antworten: „Ein Befehl von Caesar! Das ist eure neue Gehilfin!" Sie schubsen mich in die Richtung des kleinen Mannes. Ich starre die Wachen mit großen und erschrockenen Augen an. Die wollen, dass ich hier arbeiten soll?! Betreiben die hier etwa Kinderarbeit, oder was? Als ich hinter den Mann blicke, entdecke ich allerdings nur wenige in meinem Alter. Im nächsten Moment sind die Wachen auch schon weg. „So, du machst den Abwasch! Ich zeige dir deinen Arbeitsplatz!", sagt der kleine Mann, der wohl, wie ich jetzt sehe, Kozemde Koch heißt. Ich sehe mir das Schild, das an seiner weißen Schürze hängt genauer an. Dort steht:

Kozemde Koch
Mann von Anippe Koch

Vater von Khepri und Hondo Koch
im Palast Kleopatras.

„Hier! Danach wirst du auf den Markt gehen und das für mich besorgen! Und wehe, ich entdecke hinterher noch ein paar dreckige Stellen!", sagt Herr Koch und drückt mir einen Papyrus, das war das Papier der Ägypter, mit komischen Zeichen, Demotisch, der Schreibschrift der alter Ägypter, ein paar kleine Münzen und einen Abwaschlappen in die Hand. Vor mir steht schon ein großer Haufen dreckiges Geschirr. „Och nö!", denke ich mir und fange mit dem Abwasch an. Krug für Krug wasche ich alles müde und erschöpft ab.

Herr Koch schaut mich währenddessen mit seinen giftgrünen Augen an und scheint innerlich zu brodeln und zu kochen vor Wut. Ich gebe zu, ich mache es nicht besonders ordentlich, aber dass ich es so grauenvoll mache, finde ich nicht. Zum Glück geht er bald und ich wasche Krug für Krug weiter ab.

Nach einer gefühlten Ewigkeit habe ich es dann aber auch geschafft und schaue mir das abgetrocknete Geschirr nochmal genau an. Das weiße und gelbe Metall blitzt und blinkt. Plötzlich kommt Herr Koch zu mir herüber und fragt: „Was machst du denn da? Ich habe gesagt, wenn du fertig bist, sollst du zum Markt gehen!" – „Äh, ich schaue nur nochmal, ob wirklich alles sauber ist", antworte ich stotternd mit einem schrägen Lächeln. „Aha", sagt Herr Koch darauf nur und geht. Zufrieden stelle ich fest, dass alles blitzblank ist, nehme das Stück Papyrus mit den Schriftzügen und die Münzen. Schnell mache ich mich mit einem Maulesel, den mir Herr Koch noch zum Tragen des Einkaufs mitgegeben hat, auf den Weg. Aus der Küche sehe ich noch einige andere Menschen mit Mauleseln, Papyrusstück und Münzen, die anscheinend auch auf dem Weg zum Markt sind. Ich schließe mich ihnen an und erkenne im nächsten Moment schon mehrere Menschen und auch einige Kinder, die sich bei ein paar Ständen anstellen. Mal sehen, was auf meinem kleinen Papyrus-Einkaufszettel steht.

• *acht Laib Käse*
• *fünfzehn Brote*
• *zehn Krüge Wein*

- *fünf Körbe Datteln*
- *vier Fässer Palmöl*
- *zehn Säcke Fleisch*

Acht Laib Käse, gut, an dem Stand stehen nur wenige. Nach einiger Zeit komme auch ich dran und holen mir acht Laibe Käse. „Mal sehen. Wein … dort!", sage ich murmelnd vor mich hin und sehe einen großen Stand mit vielen Arbeitern und Sklaven. Sofort laufe ich dorthin und sehe schon gleich, dass es zwei Weinarten gibt. „Was?", denke ich mir und grüble erst einmal. Es gibt einen teureren und einen günstigeren, wenn ich das richtig sehe, und kaufe natürlich – für Kleopatra – den teureren. „Als nächstes, Datteln … hier!", murmele ich und zeige mit meiner rechten Hand auf den Stand links von mir. Kleine Datteln liegen auf dem Verkaufstisch, ich kaufe fünf Körbe davon und gehe weiter. Nachdem ich alles gekauft habe, mache ich mich langsam auf den Weg zurück zur Küche. Auf der Hälfte des Weges merke ich allerdings, dass mich jemand verfolgt. Aber als ich versuche, abzuhauen, hat er mich schon ergriffen. Etwas versperrt mir die Sicht, etwas Stoffartiges. Ich kann nicht mehr aufstehen, es fühlt sich so an, als wäre ich in einem riesigen Stoffsack gefangen und bemerke im nächsten Moment: Ich bin in einem Stoffsack! Ich erstarre und immer wieder läuft mir ein eiskalter Schauer über den Rücken. Wo werde ich hingebracht? Was wird mit mir angestellt? Wie komme ich hier wieder raus? Tausend Fragen gehen mir durch den Kopf, während ich plötzlich zu weinen anfange. Immer schlimmer wird es, ich weine immer weiter. Auf einmal spüre ich den harten Boden wieder unter mir. Ich schleiche mich aus dem Sack heraus, kann vor mir einen riesigen Zaun erkennen. Hinter dem großen Zaun befindet sich Wüste, nichts als Wüste, an der ab und zu kleine Mäuse vorbeihuschen. Ich blicke hinter mich, wo ein dicker, großer Mann mit einer verkrüppelten Nase, Halbglatze und langen Beinen steht. Der Mann hält rechts und links in seinen Händen Messer mit glänzenden Klingen. Um den dicken Bauch hat er ein Seil geschlungen, das sehr neu und straff aussieht. „Was glotzt du so? Geh an die Arbeit, sonst kriegst du das hier zu spüren!", schreit er mich mit tiefer und kratziger Stimme an und hält mir das Messer an die Kehle. Ich weiß nicht, was er mit Arbeit meint, aber gehe einfach los. „Wenn ich sage: an die Arbeit, meine ich auch an die Arbeit! Los! Dort drüben ist das Feld! Bau die Ernte ab, sonst …!", schreit er mich an, zeigt nach links und hält sein Messer wieder an meine Kehle. Dann lässt er mich in Ruhe zum Feld laufen. Dort angekommen, nehme ich mir eine Sense und hacke das Getreide ab. Stück für Stück, Halm für Halm trenne ich das Getreide mit der goldfarbenen Sense ab. Auf einmal fängt es an zu blitzen und zu donnern. Im nächsten Augenblick fängt es zu regnen an. Ich will in die Richtung des nächsten Hauses, das sich auch innerhalb des Zaunes befindet, doch da ist die Tür verriegelt. Das gibt es doch nicht! Was für ein komischer Kerl, der mich hergebracht hat und mich hier wie ein Sklave behandelt! Ich merke, wie ich wieder zu weinen anfange, falle auf die Knie und halte mir meine Hände wieder vor das Gesicht, um es vor dem Regen zu schützen. Mir ist kalt, eisigkalt. Was soll ich jetzt bloß machen? Nichts anderes hätte ich mir gewünscht, außer jetzt meinen Vater und Soph an meiner Seite zu haben! Als ich wieder hochblicke, steht ein Junge vor mir. Er ist groß und kräftig, hat eine kleine Schramme am rechten Auge und trägt abgewetzte alte Kleidung. „Los, komm, ich helfe dir, hier rauszukommen", sagt er leise und liebevoll zu mir und nimmt mich an die Hand. „Hier entlang", sagt er ruhig und entspannt und geht auf den riesigen Zaun zu. Mir bleibt ein Kloß im Hals stecken, als ich sehe, dass er anfängt, hinaufzuklettern und bleibe wie angewurzelt stehen. Hinter mir höre ich schon aus der Ferne, dass der dicke Mann kommt und laut ruft. Was er ruft, kann ich nicht hören, doch was ich höre, sind die jetzt etwas panischen Rufe des Jungen: „Komm schnell, nimm meine Hand!" Schon halte ich mich an seiner Hand fest. Seine Hand fühlt sich weich und kräftig an, dann sieht der Junge mich kurz an und klettert mit mir den hohen Zaun hinauf. Der Mann, der mich gefangen genommen hat, ist jetzt am Zaun angekommen und schreit laut: „Kommt zurück, ihr Rotzbengel!", doch er kann nichts weiter tun als die Fäuste zu schütteln, zu schreien und am Zaun zu rütteln, der sich dabei aber nicht einmal bewegt. Im nächsten Moment sind wir auf der anderen Seite und können dem Mann direkt in die Augen blicken. Plötzlich zückt er sein Seil und hat wohl vor, mich und den Jungen anzuseilen, doch bevor ich es realisieren kann, hat der Junge mich schon am Ärmel davongezogen. Ich bekomme nur ein leises „Danke" aus meinem Mund und er lächelt mir zu. „Mein Name ist Leo", sagt er freundlich. „Ich heiße Paula", sage ich mit einem noch stärkeren Lächeln und schaue ihn an. „Sei gegrüßt, Paula", sagt er. „Schön, dich kennen zu lernen." – „Freut mich auch", antworte ich. Langsam hört der Regen auf und ich kann sein Gesicht endlich genauer erkennen. Er hat blondes kurzes Haar, das sehr durchnässt ist und wunderschöne grüne Augen. „Nochmal vielen Dank, dass du mir das Leben gerettet hast." Er lächelt wieder. „Gern geschehen. Komm, ich wohne in einer kleinen verlassenen Hütte, dort kannst du bleiben, bis wir deine Eltern gefunden haben." Oh, er denkt, dass meine Eltern hier sind. „Äh, Leo", fange ich an zu reden. „Ja?", sagt er. „Es ist so, meine Eltern … äh ... meine Eltern sind nicht hier", sage ich stotternd. „Oh", ist Leos einziges Wort, das er dazu sagt, und geht weiter; ich folge ihm. „Dich unter einem fremden Dach verdingen möchtest du bestimmt auch nicht, stimmt's?", fragt er lächelnd, auch wenn es ja auf der Hand liegt, dass ich das nicht will. Offenbar beginnt das Arbeitsleben im Alten Ägypten früh. Ich halte mich allerdings nicht länger mit dieser neuen Erkenntnis auf, sondern rede weiter mit Leo: „Wohnen deine Eltern auch in der Hütte?" – „Nein, leider nicht." – „Oh, was ist denn passiert?", frage ich besorgt, auch wenn es sicherlich nicht höflich ist. „Nun ja, sie sind bei einem Überfall umgekommen. Ich war damals zehn und war auf sie angewiesen. Einige Zeit war ich bei meiner Verwandtschaft, aber dann bin ich abgehauen. Meine Stiefeltern haben mich geschlagen und in ihrem Haus fühlte ich mich überhaupt nicht wohl." – „Du Armer, das ist ja schrecklich! Wie schaffst du es bloß, alleine durchzukommen?" Leo geht nicht weiter darauf ein und nach kurzer Zeit sehe ich auch schon eine große Hütte. Sie ist zwar nicht so neu, schön und groß wie unser Haus in Berlin, aber sie reicht für zwei Leute. Neben der Hütte ist, wie Leo gesagt hat, ein Feld. Leo öffnet die Tür und lässt mich in die Hütte hinein, die übrigens nicht so, wie ich gedacht habe, aus Holz besteht, sondern aus Stein. Sehr gemütlich sieht es hier aus, ich sehe viele Krüge, einen Tisch, viele Holzbretter, ein paar schöne und saftig grüne Pflanzen, viele Schriftrollen in Regalen und zwei Bilder, doch keine Dusche, geschweige denn eine Toilette. Ich schlucke, oje. „Das ist dein Zimmer", sagt er und geht in das zweite Zimmer, das noch ganz leer steht, abgesehen von einem Bett, das, um ehrlich zu sein, nicht gerade gemütlich aussieht. Wir gehen kurz raus, um Wasser aus dem Ziehbrunnen hinter der Hütte zu holen. Er zeigt mir, wie es geht und gemeinsam füllen wir zwei große Krüge mit Wasser. „Soll ich dir jetzt das Feld zeigen?", fragt er mich. Ich nicke ihm zu und wir gehen weiter zum Feld. Leo nimmt eine Sense in die Hand und zeigt mir, was hier alles angepflanzt ist und wie man es schneidet.

Welche Uhrzeit ist es jetzt wohl und was werden wir als nächstes tun? Leo hat die Antwort: „Oh, es ist ja schon Mittag. Lass uns ein Spiel spielen!" Die alten Ägypter spielten also auch Spiele! Leo holt eine verstaubte alte Kiste heraus und öffnet sie. Man kann Holzstücke sehen, die auf einer Seite rot angemalt sind, eine Schlange aus Ton, die zusammengerollt ist, kleine Kugeln, eine Holzplatte mit einem Spielplan und kleine Steine in zwei unterschiedlichen Farben. Ich sehe mir alles genau an und hole die Tonschlange heraus. „Ah, du möchtest also das Schlangen-spiel spielen", sagt Leo erfreut. „Äh, ja", sage ich und im nächs-ten Moment hat Leo schon zwei kleine Kugeln und vier Holz-stücke, die auf einer Seite rot angemalt sind, herausgeholt und alles hingelegt. Vorsichtig sage ich: „Wie geht das Schlangenspiel noch gleich?" und lache leicht. Leo lacht, ich muss auch lachen. „Also, jeder der Mitspieler hat eine kleine Kugel. Mit den Würfelstäbchen würfelst du, das ist dir bestimmt bekannt. Und dann kannst du die gewürfelte Zahl auf der Schlange ziehen", erklärt er mir und erst jetzt fällt mir auf, dass in der Tonschlange kleine Löcher eingedrückt wurden, die die Größe der Kugeln haben. Leo gibt mir die Würfelstäbchen in die Hand und ich werfe sie hoch. So viele, wie rote nach oben zeigen, kann ich mit der Kugel ziehen. Ich habe eine drei gewürfelt und setzte die Kugel kurzerhand auf der Tonschlange drei Plätze weiter. Leo ärgert sich, denn er hat nur eine eins gewürfelt und ich muss ein bisschen lachen. Danach muss ich mich ärgern, da ich eine null gewürfelt habe und Leo eine vier; vier ist das höchste, was man würfeln kann. Wir spielen immer weiter, bis Leo schließlich ge-wonnen hat. Nachdem wir das Spiel wieder aufgeräumt haben, möchte er mir gerne sein Lieblingsgericht, was es heute zum Abendessen geben soll, zeigen.

Leo erklärt mir auf dem Weg zum Markt, was wir kochen werden. Brot und Rindfleisch mit vielen Gewürzen, lecker.

Auf dem Markt angekommen, holt Leo ein paar Münzen raus. „Das wird leider nur für ein kleines Stück Fleisch reichen, ich hoffe, das genügt dir." – „Keine Sorge, mir wird es reichen", antworte ich ihm und hoffe, dass es auch so sein wird. Leo geht zu einem der Fleischstände und kauft ein Stückchen Fleisch. Die Gewürze und genügend Brot, meint er, habe er in der Hütte schon selbst fertig gemacht. In der Hütte wird dann schon das Fleisch gekocht und alles auf den Tisch gedeckt. Leo zeigt mir noch seine Gewürze und streut sie darauf. Ich beiße hinein, es schmeckt so köstlich, so geschmackvoll. Fast hätte ich Leo noch gefragt, wo er das Besteck hat, habe ich mir dann aber verkniffen. Nach einem schmackhaften, selbstgemachten Abendessen, gehen wir beide zu Bett.

„Steh auf, wir sollten noch ernten, bevor es dunkel wird", sagt Leo freundlich am nächsten Morgen und zwinkert mir zu. Ich stehe auf und merke schon, wie mein Rücken zu schmerzen anfängt. Was würde ich nur tun, um wieder in einem ordentlichen Bett zu schlafen! „Kommst du?", ruft Leo, der schon draußen ist, ungeduldig. Ich folge ihm aufs Feld und wir ernten ein wenig. Schon nach kurzer Zeit müssen wir allerdings feststellen, dass ein Gewitter aufzieht und wir gehen rein. Dort machen wir uns Brot und spielen erneut das Schlangenspiel. Dieses Mal bin ich vorbereitet und auch etwas geübter und gewinne; Leo ärgert sich. Er ist wohl ein schlechter Verlierer. Nach zwei weiteren Runden essen wir das Brot und Leo wird plötzlich etwas ernster. „Wie hat der alte Grobian dich eigentlich gefangen?" Soll ich von ganz vorn anfangen und ihm auch die Geschichte mit dem Zeitreisen erzählen? Ich schweige eine Weile, bis Leo ungeduldig wird und ich mir denke, dass ich hier ja bestimmt nicht so lang bleiben werde und ihm nicht alles erzählen muss. „Nun ja, ich war am Nil und habe gesehen, wie Caesar mit einem großen Schiff angekommen ist und Kleopatra auf ihn zugegangen ist. Ich war neugierig und bin ihnen gefolgt, was aber nicht so schlau war. Sie haben mich entdeckt und ich wurde in die Küche geschickt, wo mir der Koch aufgetragen hat, auf den Markt zu gehen, um einzukaufen."

Ich erzähle ihm weiter, wie der Mann mich gefangen hat. „Und dann kamst du", beende ich meine Erzählung. „Komisch, dass das keiner gemerkt hat. Für gewöhnlich sind die Leute hier sehr freundlich und hilfsbereit, aber das scheint keiner gesehen zu haben, oder?", sagt er nachdenklich. „Ich wurde auch schon einmal von dem Grobian gefangen. Es war gerade, als ich abgehauen bin. Ich war so verzweifelt und habe nicht bemerkt, wie er sich angeschlichen, mich gepackt und weggezerrt hat. Ich kann mich kaum noch erinnern, aber es war auch für mich schrecklich." Innerlich denke ich auch wieder zurück. Ich bin gerade in einer anderen Zeit gelandet, die mir völlig fremd ist und werde gleich von irgendeinem Typen gefangen.

Schon wieder mache ich mir Gedanken darüber, wie ich wieder nach Hause komme und fange fast zu weinen an, kann mich aber noch beherrschen. Leo reißt mich mit einem leisen „He?" aus meinen Gedanken. „Ja, ähm", sage ich noch etwas verwirrt und hänge schnell „Spielen wir noch ein Spiel?" dran. „Gut, dieses Mal können wir Senet spielen", sagt er und lächelt. Lachend helfe ich Leo, die Spielkiste herunterzuholen, wo er die Holzplatte mit dem Spielplan und die kleinen Steine in unter-schiedlichen Farben herausnimmt, gibt mir die eine Farbe der Steine – blau – und legt den Spielplan in die Mitte. „Nun, erst müssen wir die verschiedenfarbige Steine – blau, also deine, und gelb, meine – nacheinander aufreihen. Dann haben wir wieder Würfelstäbchen und würfeln damit. Bei Senet geht es darum, dass man als erster alle seine Steine ins Ziel bekommt. Die verschiedenen Symbole verstehst du, oder?", erklärt er und fragt. Ich nicke und schon drückt mir Leo die Würfelstäbchen in die Hand, damit ich würfeln kann. Ich habe eine vier gewürfelt. Leo würfelt leider nur eine zwei, da hat er wohl Pech gehabt. Immer wieder müssen wir lachen und necken uns, wenn der andere eine kleinere Zahl gewürfelt hat. Wir spielen bis die Sonne untergeht und aus Langeweile summe ich ein paar Lieder. Leo gefallen die Melodien und er summt mit. Er singt auch ein paar Melodien, die er mal auf dem Markt gehört hat.

Am Ende unserer Spielrunde wird es knapp, aber am Ende gewinnt Leo. Er hat halt einfach Glück. Es ist spät geworden. „Lass uns schlafen gehen, damit wir morgen zeitig aufstehen können", sage ich, lächele ihm zu und wünsche ihm eine gute Nacht.

Schlagartig wache ich auf, draußen ist es noch dunkel. Ich hatte einen Albtraum. Leo und ich wurden in einer Pyramide eingeschlossen und eine Mumie wollte uns gefangen nehmen! Oft geht die Fantasie mit mir durch. Mit einem kleinen Seufzer schüttele ich mich und versuche wieder einzuschlafen, aber der Albtraum will mir einfach nicht aus dem Kopf. Ich rolle mich in meinem Bett aus Heu hin und her, kann aber immer noch nicht einschlafen. Mit der Zeit wird es heller und ich höre Leo in mein Zimmer kommen. Er sieht, dass ich wach und total verschlafen bin und fragt mich, während er die Fenster ein wenig aufdeckt, besorgt: „Hast du gut geschlafen?" Eigentlich lag es ja auf der Hand, aber nett, dass er nochmal nachfragt. „Naja, erst bin ich eingeschlafen, dann bin ich in der Nacht plötzlich aufgewacht, weil ich einen schrecklichen Albtraum hatte und habe bis zum Morgen wachgelegen", antworte ich noch etwas verschlafen. „Was hattest du für einen Albtraum, Paula?", fragt Leo neugierig und auch etwas ängstlich. „Nun ja, ich habe geträumt, dass wir beide in einer Pyramide eingeschlossen von einer Mumie gefangen genommen wurden. Das war so schrecklich, dass ich davon dann aufgewacht bin", sage ich und Leo schaut noch beängstigter. „Bei uns sind Träume etwas Besonderes, das heißt, dass Träume so etwas wie Voraussagen sind", sagt er geschockt. „Ich stamme aus einer griechischen Familie. Griechen wie Ägypter halten viel von der Bedeutung der Träume." – „Das wird schon nicht passieren, glaub mir", meine ich daraufhin lässig und ruhig. Leo scheint das nicht zu beruhigen und er zeigt immer noch dieses besorgte Gesicht. Ich weiß nicht, aber ich glaube, dass Leo sich wirklich sehr große Sorgen macht. „Haben wir noch was für das Mittagessen?", frage ich und versuche ihn von dem Traum abzulenken. „Nein, wir haben aber auch kein Geld mehr, um uns etwas zu kaufen." Na, toll! Und ich habe schon so einen großen Hunger. Hoffentlich gibt es noch etwas zum Frühstück, aber Leo macht nicht den Anschein als ob er jetzt Essen machen würde. „Wir müssen früh los, wenn wir etwas auf dem Markt erwischen wollen. Am Morgen sind die wenigsten Leute unterwegs und die Wahrscheinlichkeit, dass wir erwischt werden, ist geringer", erklärt er mir und ich nicke. Auf dem Weg zu dem Markt lachen Leo und ich glücklicherweise wieder gemeinsam, bis wir dann am Markt angekommen sind und aufpassen müssen, dass uns keiner entdeckt. Ich rieche schon den Duft von leckerem Essen und mein Magen grummelt laut. Leo erzählt irgendetwas, doch ich bin viel zu sehr auf das Essen fokussiert und höre ihn nicht. „Verstanden?", endet er seine Rede und ich nicke so, als wüsste ich genau, was er gesagt hat. Er schleicht sich langsam und vorsichtig an einen Stand heran und wartet, bis der Besitzer einen Kunden betreut und abgelenkt ist. Ich achte nicht weiter darauf, was er macht und erkundige mich, was es hier noch alles für Stände gibt. Teppiche, Gewänder, haufenweise Brot- und Weinstände, Datteln und andere getrocknete Früchte, Käse, …

„Gut, Paula, hast du gesehen, was ich gemacht habe? Es ist zwar etwas riskant, dich schon heute auf den Markt zum Borgen zu schicken, aber ich vertraue dir und du wirst es schaffen", sagt Leo, als er wieder mit einem großen Stück Fleisch angekommen ist.

Ich laufe langsam zu einem Gemüsestand und achte darauf, dass mich niemand sieht. Plötzlich rieche ich aus einiger Entfernung das Fleisch eines anderen Händlers und gehe, ohne darauf zu achten, ob mich jemand sieht. Ich habe Hunger, mein Bauch brummt wie verrückt und auf einmal höre ich eine laute Männerstimme schreien: „Diebin!" Ich merke, dass ich schon an dem Stand angekommen bin und mir ein riesiges Stück Fleisch gepackt habe. Schnell kommt Leo an, der das alles viel schneller realisiert als ich, nimmt mich an die Hand und wir rasen hastig davon. Alles fühlt sich an wie in Zeitlupe. Die Marktleute verfolgen uns ärgerlich und blitzschnell. Wortlos rennen wir weiter, bis zu einer kleineren Pyramide, wo wir kurz durchatmen. Leo geht um die Pyramide herum und findet auf einmal ein Loch. „Beeile dich! Hier hinein!", befiehlt er mir und rennt voran. Ich folge ihm so schnell ich kann. Was wird jetzt passieren? Was habe ich nur getan? Ich bin kurz davor, zu verzweifeln, doch dann sieht Leo kurz zu mir und sagt freundlich wie immer: „Geht es dir gut, Paula?" – „Nein! Was sollen wir bloß machen? Es ist alles meine Schuld!", sage ich traurig und wütend auf mich selbst. Hoffnungslos kommen mir die Tränen. Ich vermisse Vater und Soph schrecklich. Werde ich sie jemals wiedersehen? Die letzte Zeitreise habe ich irgendwie kürzer in Erinnerung. Leo legt seinen Arm tröstend auf meine Schulter und für einen kleinen Moment sehe ich Soph und meinen Vater direkt neben mir. Langsam höre ich auf zu weinen, Leo nimmt seinen Arm wortlos von meiner Schulter und gemeinsam gehen wir tiefer in die Pyramide hinunter. Nach einer gefühlten Ewigkeit des Schweigens, sagt Leo zu mir: „Gehen wir weiter? Hier kann uns nichts passieren." Wir laufen, bis es nicht mehr weitergeht und setzen uns auf den Boden. Wir haben nichts – außer dem noch rohen Fleisch, das Leo hat – und uns. Plötzlich sehe ich an der Wand eine Tür. „Leo, sieh nur! Dort ist eine Tür. Komm, wir öffnen sie und gehen hinein." Leos Augen blitzen auf einmal auf, er öffnet die Tür und tritt hinein. Mit einem Handzeichen bedeutet er mir, ebenfalls langsam einzutreten. So geschieht es und ich stehe mit Leo in einem Raum. Schon als ich den Ort betrete, fällt mir auf, dass dieser Raum eine Grabkammer ist. Ich weiß noch nicht, ob Leo das auch aufgefallen ist und ob er sich darüber freuen würde. Ich gehe weiter in die Grabkammer hinein, ohne ein Wort zu sagen. Leo ruft aufgeregt: „Nicht weiter hineingehen! Wir befinden uns in einer Grabkammer!" In dem Moment, als er das sagte, höre ich auf einmal ein Geräusch. Es ist ein lautes Knarzen. Dann sehe ich, wie sich der Sargdeckel bewegt und eine grauenvolle Mumie heraustritt. Ich kreische laut und renne an Leo angsterfüllt vorbei, der mir rasend hinterher rennt. Die Mumie, die wir anscheinend zum Leben erweckt haben, verfolgt uns schneller, als ich es von einer Mumie je gedacht hatte. Plötzlich können Leo und ich ein Licht erkennen und nähern uns so schnell wir können und hoffen, dass es uns den Ausgang zeigt. Im nächsten Augenblick sind wir draußen. Wir rennen aber immer noch, ohne anzuhalten, bis ich über einen Stein stolpere und mit dem Kopf auf den harten Boden pralle.

Alles ist plötzlich wieder schwarz vor meinen Augen. Mein Kopf fühlt sich so komisch an …

Kurz darauf kann ich meinen schweren Kopf wieder heben und sehe auch wieder den Sand. „Wo bin ich jetzt schon wieder gelandet?", frage ich mich genervt. Langsam und mit Bedacht stehe ich auf und versichere mich, dass ich mich wieder in meiner Zeit – dem 21. Jahrhundert – befinde. Ich fasse mir an den Kopf, der immer noch schmerzt. Im nächsten Augenblick drehe ich mich um und merke, dass mich viele Leute komisch ansehen. Eine junge Frau kommt zu mir und fasst mir besorgt an den Kopf. „Schatz, was hast du gemacht? Hast du das arme Mädchen etwa nicht gesehen?!", fragte die Frau auf Englisch ihren Mann. Jetzt erinnere ich mich: Ich war so genervt von dem Kollegen meines Vater, dass ich zu unserer Ferienwohnung zurückgehen wollte. Dabei bin ich in eine Menschenmenge geraten, in der mich dieser Mann umgeschubst hat und ich dadurch in die Vergangenheit gereist bin. „Alles gut bei dir, Kleines?", erkundigte sich die Frau auf Englisch. „Wieso ‚Kleines'?", frage ich mich verärgert und antworte höflich auf Englisch: „Ja, geht schon. Danke." Die Frau begutachtet mich noch einmal aufmerksam im Gesicht, fragt nochmal ob es mir wirklich gut geht und läuft mit einem lieben „Bye-bye" wieder zu ihrem Mann.

Sorgenvoll und unsicher gehe ich in Richtung der Ausgrabungsstätte meines Vaters. Aber was soll ich ihm sagen und erzählen? Tausend Fragen schwirren durch meinen Kopf, aber ich freue mich endlich wieder, meinen Vater sehen zu können. Vielleicht ist sein Kollege ja doch ganz nett. Und er ist ja schließlich der einzige Kollege, der in dieser Gruppe fließend deutsch spricht, wie mir mein Vater mal erzählt hat. Durch einen lauten Knall werde ich aus meinen Gedanken gerissen und stelle fest, dass ich schon gleich bei der Ausgrabungsstätte bin. Viele Menschen laufen dort herum oder knien auf dem Boden und arbeiten mit Pinseln im Sand. Ich bin erstaunt, dass an dieser Ausgrabung so viele Menschen arbeiten. Das hatte ich nicht erwartet. Mehr als fünfzig sind es auf alle Fälle! Mittendrin entdecke ich meinen schuftenden Vater, der gleichzeitig mit diesem blöden Kollegen – wie auch immer er heißt – redet und auch noch gestresst ein paar Anweisungen gibt. Jetzt kann ich wohl leider gerade nicht mit ihm reden. Enttäuscht drehe ich der Ausgrabungsstätte den Rücken zu und will noch eine Runde die Gegend erkunden und mich dabei wieder an das 21. Jahrhundert gewöhnen. Doch auf einmal tippt mir jemand auf die Schulter und ich drehe mich erschreckt um. Es ist mein Vater, der plötzlich vor mir steht. „Hi Paula, ich habe mir solche Sorgen gemacht und nicht damit gerechnet, dass du es ernst meinst mit dem Weggehen. Aber auf einmal warst du weg. Ich bin so froh, dich wiederzusehen!" Glücklich nehmen wir uns in die Arme und ich bin ebenfalls so froh, wieder bei ihm zu sein. „Ich mache jetzt Pause und will wissen, wo du warst. Was hältst du davon, wenn wir Eis essen gehen und Franz – so heißt übrigens mein Kollege, den du nicht magst – dazu einladen, damit du ihn mal kennenlernst." – „Meinetwegen, aber ich rede kein bisschen mit ihm!", rutscht es mir so raus.

Wenig später sitzen wir in einem Café und essen Eis. Mein Vater geht kurz auf die Toilette und ich sitze alleine mit Franz an einem Tisch. Na toll! „Gehst du eigentlich öfters mit zu den Ausgrabungen deines Vaters, Paula?", fragt Franz mich plötzlich. „Ja, eigentlich immer", antworte ich knapp und etwas genervt. „Ah, das ist doch bestimmt cool, wenn man als Kind schon mit zu Ausgrabungen geht, oder?" – „Ja, natürlich macht es mir als Kind sehr viel Spaß, wenn man immer schön dasitzen muss und warten muss, bis mein Vater endlich fertig ist!", denke ich mir ironisch, antworte aber nur mit einem knappen „Ja". „Und was machst du eigentlich noch so in deiner Freizeit?", fragt er mich weiter. „Eigentlich nicht viel", antworte ich ausweichend, woraufhin er nur noch mehr Fragen stellt. Natürlich muss er auch noch das Thema Schule ansprechen, aber auf einmal stellt er auch Fragen wie „Weißt du eigentlich, wie viel der Schatz wert ist? Ich habe gehört, es soll sehr viel sein." und „Weißt du, wie dann eigentlich der Wert des Schatzes aufgeteilt wird?" – „Keine Ahnung!", sage ich gelangweilt und spiele mit der Streichholzschachtel, die als Werbegeschenk der Eisdiele auf dem Tisch liegt. „Na, habe ich irgendwas verpasst?", fragt mein Vater plötzlich, nachdem er wiedergekommen ist. „Nö, nicht viel", antworte ich schnell und Franz erzählt irgendetwas von „gut verstehen" und „prächtige Unterhaltung". Doch nach einer Weile unterhalten sie sich dann über berufliche Dinge. Franz erkundigt sich bei meinem Vater noch nach verschiedenen Techniken, aber spricht komischerweise nicht über den Wert des Schatzes. Die Streichholzschachtel sieht hübsch aus und ich stecke sie ein.

Erst spät am Abend kommen wir, mein Vater und ich, zu Hause an und ich erzähle ihm, dass Franz mir die ganze Zeit Löcher in den Bauch gefragt hat. Dass Franz wissen wollte, wie viel der Schatz wert ist und dergleichen, habe ich ihm aber nicht erzählt. Mein Vater meint nur, dass es doch nett sei, wenn er sich für mich interessiere. Daraufhin schläft er ein, und ich nach einigem Überlegen und einem anstrengenden Tag auch.

Am nächsten Tag sitze ich nur an der Ausgrabungsstätte und chatte mit Soph. Sie erzählt mir von einigen unangekündigten Tests in der Schule, was sie alles gemacht haben und was Lustiges im Unterricht passiert ist. Ab und zu beobachte ich Franz und die anderen, wie sie den Schatz in der Tiefe der Erde ausgraben. Mein Vater und sein Team arbeiten bis spät in die Nacht, während ich schon früher in unsere Wohnung gehe.

Zwei Tage später haben sie die Grabkammer entdeckt und schon geöffnet, doch im Moment darf noch keiner in die Grabkammer hinein. Seither ist mir aufgefallen, dass sich Franz immer merkwürdiger benimmt. Er schleicht überall herum und versucht manchmal, einen Blick in die Grabkammer zu erhaschen. Am Abend bleibe ich bei der Ausgrabungsstätte. Mein Vater sitzt sicher noch länger mit den Mitarbeitern dort zusammen, um wichtige Dinge zu besprechen. Jedoch schleicht sich Franz davon und ich folge ihm zur Grabkammer, um herauszufinden, was er vorhat. Fassungslos sehe ich ihm zu, wie er die Grabkammer heimlich öffnet und hineingeht. Im dunklen Gang macht er eine helle Taschenlampe an, mit der er nach etwas zu suchen scheint. Mir wird klar, dass dies keine abgesprochene Aktion sein kann. Neugierig gehe auch ich hinein. Unauffällig mache ich Fotos von ihm, um sie später meinem Vater zeigen zu können. Ich wusste ja, dass mit Franz etwas nicht stimmte und er etwas ausheckte. Es dauert nicht lange, da findet er einen Gegenstand, den er in seine Tasche steckt. Leider kann ich in der Dunkelheit nicht genau erkennen, was es ist. Genau in diesem Moment habe ich ein Bild gemacht, bei dem sich durch das plötzlich abgedunkelte Licht der Blitz meines Handys eingeschaltet hat. Franz dreht sich zu mir um und erkennt mich sofort. Blitzschnell kommt er zu mir herüber und ehe ich mich versehe, hat er mir auch schon das Handy weggerissen. Wie angewurzelt bleibe ich vor Schreck stehen, während Franz zum Eingang zurückrennt und dabei unvorsichtig an mehrere Gegenstände stößt. Kurz nach seinem Verschwinden dröhnt es durch die ganze Grabkammer und Staub und Steinchen erfüllen die Luft. Ich komme mir vor, als würde ein Flugzeug neben mir starten. Mir platzen fast die Trommelfelle. Als es endlich wieder ruhig wird, kann ich meine Beine auch wieder bewegen. Schnell versuche ich, in dieser Finsternis Franz hinterher zu gehen. Doch schon nach kurzer Zeit weiß ich die Richtung nicht mehr und stoße andauernd irgendwo an. Plötzlich höre ich ein lautes Geräusch von einer sich schließenden Steintür. Mir wird bewusst, dass ich hier gerade eingeschlossen worden bin. Panik erfüllt mich. Was soll ich tun? Ich habe Angst. Ich habe kein Handy. Es ist kalt. Ich friere. Ich bekomme Hunger. Tausend Dinge fallen mir ein, die meine Panik noch erhöhen, mein Herz rasen lassen und mich in Verzweiflung bringen.

Irgendwann jedoch beginne ich ruhiger zu atmen. Mit jedem Atemzug scheint Sauerstoff in meine Gehirnwindungen zu kommen, was dazu führt, dass ich wieder zu denken anfange. Auf einmal erinnere ich mich wieder an die Streichholzschachtel, die ich noch in der Tasche habe. Es ist gar nicht so leicht, in völliger Dunkelheit ein Streichholz anzuzünden. Ich brauche einige Versuche, bis das Streichholz endlich brennt. Schnell suche ich mit meinen Augen nach einem brennbaren Gegenstand. Aber zum Glück haben die Archäologen Teile ihrer Ausrüstung liegen gelassen, darunter auch Chemikalien und Werkzeuge. Ich tränke einen Lappen in Lösungsmittel und wickele ihn um ein Stück Holz, dass ich ohne zu zögern anzünde. Jetzt geht es mir ein wenig besser und ich kann weiter überlegen, was ich wohl als nächstes tun müsste. Bei genauem Hinsehen entdecke ich viele mir bekannte Gegenstände. Es ist, als wäre ich schon einmal hier gewesen. Die Grabkammer sieht der ähnlich, in der ich mit Leo war. Verdutzt gehe ich zum Eingang, doch der ist fest verschlossen und durch die dicken Wände hindurch ist Schreien und Klopfen unhörbar. Es hat also keinen Sinn, darauf zu hoffen, dass mich jemand von draußen hören kann. Soll ich etwa bis morgen warten, bis mich mein Vater gefunden haben wird? Nein, ich werde doch nicht so lange stillsitzen! Meine Neugierde hat mit dem Schein der Fackel die Angst einigermaßen vertrieben und ich schaue mich genauestens um. Beeindruckend, was die Ägypter vor so vielen Jahren schon alles gemacht und wie wunderschön sie das alles bemalt haben. Kleine Figürchen, Möbelstücke, Geschirr und Tongefäße, Tiermumien und erstaunliche Wandmalereien. Meine Fähigkeiten würden niemals dafür ausreichen.

Immer weiter erforsche ich die Grabkammer und vergesse alles andere. Irgendwann stoße ich auf einen kleinen, kaum sichtbaren Gang. Ich muss mich ganz klein machen. Das Licht der Fackel reicht nicht bis an das Ende des Ganges, aber ich erkenne, dass der Gang nach etwa zwei Meter in eine weitere Kammer mündet. Hoffnungsvoll krieche ich hindurch und ich gelange in ein mir immer noch fast bekanntes Labyrinth. Abenteuerlustig gehe ich

weiter und durch Gänge und Kammern hindurch. Auf einmal merke ich, dass die Umgebung nach trockener Nachtluft riecht. Ich gehe weiter und gelange an einen kleinen versteckten Ausgang. Kriechend und mir meine Knie aufkratzend finde ich den Weg nach draußen. Meine Fackel hat zum Glück bis hierher gereicht. Im noch warmen Sand lösche ich die Fackel, da das Mondlicht mir genug Helligkeit zum Sehen gibt. Leise gehe ich um die Pyramide herum, bis ich Licht und Stimmen der Mitarbeiter meines Vaters sehe und höre. Inmitten der Leute erkenne ich meinen Vater, zu dem ich jetzt am liebsten rennen würde, um ihm alles zu erzählen. Jedoch wird er mir meine Beobachtungen nicht ohne Beweise glauben. Ich brauche die Fotos auf meinem Handy und halte Ausschau nach Franz, den ich aber nicht in der Versammlung finden kann. Behutsam schleiche ich weiter und entdecke einige Meter von der Pyramide ein paar Zelte. In einem brennt ein warmes, dunkles Licht. Ich gehe näher hin und erkenne den Umriss eines kleinen, dicken Mannes. Franz! Auf Zehenspitzen schleiche ich mich an. Glücklicherweise löscht Franz kurz darauf das Licht und verlässt das Zelt. Er geht zielstrebig auf die Gruppe von Mitarbeitern zu und mischt sich unter sie. Eilig und gründlich suche ich nach meinem Handy, das ich rasch finden kann, da Franz es einfach nur auf seinen Reisekoffer gelegt hat. Erleichtert nehme ich es und spüre, wie mich eine starke Müdigkeit überfällt und mich schnell in die Wohnung aufmache. Todmüde falle ich nach diesem anstrengenden Tag ins Bett.
Am nächsten Morgen wecken mich die grellen Sonnenstrahlen. Verschlafen stehe ich auf und finde auf dem Frühstückstisch einen kleinen Zettel meines Vaters.

Guten Morgen, meine Liebe,
schade, dass wir uns gestern nicht mehr gesehen haben.
Du hast schon geschlafen, als ich spät zurückkam und heute morgen musste ich schon früh los. Ich wünsche dir einen schönen Morgen und hoffe, du kommst bald zur Ausgrabungsstätte.
Liebe und Umarmung,
dein Papa

Schnell frühstücke ich und mache mich fertig zum Gehen. Als ich an der Ausgrabungsstätte angekommen bin, sehe ich eine große

Schar von Archäologen vor der verschütteten Grabkammer. Ich komme näher und gehe zu meinem Vater, der mich allerdings nicht beachtet. Er ist damit beschäftigt, die Meute zu beruhigen. Inmitten der Leute suche ich Franz, den ich aber in der Menschenmenge nicht finden kann. Ich dränge mich weiter vor zu meinem Vater, der mich dann auch endlich bemerkt. „Meine Güte, ist das hier ein Gedränge!", schreie ich, ohne mein eigenes Wort zu verstehen. „Die Grabkammer wurde verschüttet! Es muss vermutlich jemand in der Grabkammer gewesen sein. Wahrscheinlich hat er einen Mechanismus ausgelöst und daraufhin ist der Eingang in sich zusammengebrochen!", brüllt er mindestens so laut wie ich und versucht sich aus der Menge zu befreien. Ich versuche ihm zu folgen und wir kommen nach einer Weile außerhalb des Getümmels an. „Ich muss dir einiges von Franz erzählen ...", beginne ich meine Schilderung der letzten Tage. Fassungslos hört mein Vater mir aufmerksam zu, während sich auch einige Mitarbeiter mit offenem Mund um uns versammeln und versuchen, zuzuhören. Auch Franz sehe ich plötzlich in der Menge auftauchen. Einige der Ausgräber sprechen ihn auf meine Erzählung an, doch tut er so, als wüsste er von nichts. Damit hatte ich schon gerechnet und zücke mein Handy aus der Hosentasche. Schnell habe ich die Fotos geöffnet und zeige sie meinem immer noch verdutzt dastehenden Vater. Er sieht sich die Fotos sehr genau an. „Das gibt es doch nicht!", seufzt mein Vater. „Das hätte ich nie von ihm gedacht!" Aus den Augenwinkeln sehe ich, wie Franz versucht, sich unauffällig wegzuschleichen. Keiner scheint ihn zu beachten. Alle schauen sich die Bilder an und sind schockiert. Ich durchschaue ihn und rufe laut: „Haltet ihn auf! Franz versucht zu fliehen!"

Plötzlich kommt Bewegung in die Menge. Wie von der Tarantel gestochen, rennen sie dem flüchtenden Verbrecher hinterher.

Mein Vater bleibt stehen und dreht sich zu mir um. „Meine Liebe, hätte ich doch nur auf dich gehört! Komm, lass uns in ein schönes Café setzen und uns alles erzählen. Ich freue mich und bin sehr gespannt." – „Ja, aber was ist mit Franz?" – „Um den kümmern sich jetzt meine Kollegen. Nun bist du wichtig. Und du musst mir alles erzählen, was passiert ist."

Erleichtert hakt er sich bei mir ein und schlendert mit mir zum nächsten Café.

Wir suchen uns einen gemütlichen Tisch, setzen uns hin und bestellen uns etwas zu essen und zu trinken. Endlich kann ich meinem Vater alles erzählen. Darauf habe ich schon sehr lange gewartet. Ich bin froh, dass ich mir nun alles von der Seele reden kann und ich muss an Soph und Leo denken, ohne die ich nicht so mutig gewesen wäre. „Vater, stell dir vor, ich kenne einen anderen Eingang in die Grabkammer. Diesen habe ich gestern Nacht gefunden, als ich darin eingeschlossen wurde ..." Wir erzählen uns lange und ausführlich von unseren Erlebnissen. Immer wieder beteuert mein Vater, wie froh er sei, dass mir nichts passiert ist. Erst als es dunkel wird, gehen wir zurück in unsere Wohnung. Glücklich schlafe ich an diesem Abend ein und freue mich auf die letzten Tage mit meinem Vater in Ägypten.

Lena Rabens

Paula im Barock

Heute ist der große Tag gekommen! Meine Klasse besucht ein Museum! Zugegeben – so groß ist der Tag jetzt auch nicht, aber es ist mal eine Abwechslung zu den Tagen, an denen man die ganze Zeit am Tisch sitzt und Grammatik in die Hefter schreibt. Frau Salamander (unsere Klassenlehrerin, die uns begleitet) wollte uns nicht verraten, in welches – aber als wir ankamen, wurde es schnell klar. Im Eingangsbereich hängen viele Bilder von Königen und Prinzen und außerdem steht es groß über der Tür: Wir sind in einem Barockmuseum. Es gibt viele Räume, wie zum Beispiel einen mit verschiedenen Kleidern verschiedener Jahrzehnte. Ich entscheide mich für den Raum, in dem man Möbel der Adeligen und Bauern im Vergleich sehen kann. Dort gibt es unglaublich viele Unterschiede, zum Beispiel die einfachen Holzbetten der Bauern gegen die prunkvollen Betten der Adeligen – mit Vorhängen und goldenen Blumen dran. Das finde ich sehr eindrucksvoll. Ich sehe mich auch in den anderen Räumen um. In der Mode gab es ebenfalls viele Unterschiede. Die Kleider der Prinzessinnen mit großen Reifröcken finde dich besonders schön. Ich gehe weiter und finde eine Ecke mit Reifröcken, die man anprobieren kann. Sie sind ganz schön schwer…
Nach einiger Zeit beginne ich die Toilette zu suchen. Da hinten geht es nach links.
Ich bin fertig und Frau Salamander ruft, dass wir noch fünfzehn Minuten Zeit haben. Ich möchte unbedingt noch den Film ansehen, der im Museumskino läuft. Da der Film zehn Minuten dauert, muss ich mich beeilen. Ich renne durch die Modeabteilung. Währenddessen gehen meine Schnürsenkel auf. Ich komme an den Reifröcken vorbei und plötzlich falle ich über meine Schnürsenkel. Ich stolpere und stoße mir den Kopf an einer Kleiderpuppe …

ZEITREISE

Was ist passiert? Wo bin ich? Ich schlage die Augen auf und sehe eine große Kutsche, die so nah ist, das sie mich beinahe überfahren hätte! Ich schrecke zurück, stelle jedoch fest, dass es sich nur um eine Statue handelt, die auf einem Sockel steht! Ich versuche mich aufzurappeln, aber das ist gar nicht so leicht! Ich sehe an mir herunter und sofort fällt mir ins Auge, dass ich meine Füße nicht sehe! Es liegt daran, dass mein Körper in einem eleganten Kleid mit einem riesigen Rock steckt! Zur Beschreibung: Das Kleid ist fliederfarben, hat ein Dekolleté, ausgeschmückt mit weißen Rüschen, und lange Ärmel. Das Atmen fällt mir schwer. Ich erinnere mich an den Geschichtsunterricht und mir fällt wieder ein, dass die Damen früher Korsetts trugen. Anscheinend bin ich auch in so einem Modell gelandet. Ich stehe auf und sehe mich um. Ich bin in einem Garten angekommen. Überall blühen Rosen und andere Blumen, deren Namen ich nicht kenne. Jemand tippt mir auf die Schulter. Ich fahre herum und sehe einem Jungen direkt in die Augen. Er hat braune Haare und wunderschöne grüne Augen. Außerdem trägt er eine rote Kniehose und ein Oberteil mit einem gepolsterten Wams. Der Kleidungsstil im 21. Jahrhundert ist eindeutig besser. „Guten Tag. Was tut Ihr hier, Jungfer ...?“, fragt er. Ich antworte: „Paula, Paula Marie Flieder.“ „Und was tut Ihr hier draußen, Jungfer Flieder?“ fragt er wieder. Ich möchte nicht, dass er mich Ihrzt, da er im gleichen Alter ist wie ich. Also antworte ich: „Paula, bitte.“ – „Was tut Ihr also hier, Jungfer Paula?“, wiederholt er erneut seine Frage. Ich vergesse ganz, ihm zu antworten – ich meine: Was sagt man in so einer Situation? Der Junge sieht etwas verwirrt aus, dann fällt ihm jedoch etwas ein: „Entschuldigt, Jungfer Paula – wie unhöflich von mir! Ich habe mich noch gar nicht vorgestellt. Mein Name ist Leopold Ludwig Wilhelm Schneider, aber Ihr könnt mich auch Leopold nennen. Ich werde Euch ins Schloss geleiten!“ Diese Höflichkeit verwundert mich. In der heutigen Zeit hätte er gesagt: „Ey, Mädel. Was machst du denn hier in dem Kraut? Antwortest du! Mein Name geht dich gar nichts an!“ Ich möchte natürlich nicht alle Jungs in eine Schublade stecken, aber ich habe einfach die falschen Erfahrungen gemacht. Ich trotte hinter ihm her. Wir gehen direkt auf ein riesiges Schloss zu. Es ist wunderschön, mit vielen Türmen und erinnert mich ein bisschen an das Disney-Schloss. Ich murmele: „Zwick mich mal.“ – „Entschuldigt, Jungfer Paula, aber ich zwicke generell niemanden!“, er sieht ziemlich verwirrt aus. „Oh ja, natürlich, das dachte ich auch nicht. Das

Schloss sieht nur so traumhaft aus!", sage ich. „Natürlich ist es das", Jetzt sieht er mich an, als käme ich von einem anderen Planeten, „gehört es doch auch König Maximilian II.!" (Ich habe, als ich wieder zu Hause war, nach König Maximilian II. gesucht und er scheint sehr einflussreich gewesen zu sein!) „Ja natürlich, das wusste ich! Ich war nur überrascht von der wahren Pracht des Schlosses!" Wir gehen durch ein großes, braunes Portal und betreten eine riesige Eingangshalle, die mit Marmor gefliest ist und zwei Treppen umfasst, die auf der oberen Etage wieder zusammenlaufen und auf einem Treppenabsatz enden. Man kann große rote Vorhänge sehen. Die Wand aus weißem Stein ist in verschnörkelten Ornamenten ausgeführt. Mir fallen die großen Kerzenständer auf, die neben den Treppen stehen. Auf den Kerzenständern befinden sich (logischerweise) Kerzen. Sie sehen sehr magisch aus, da sie schon fast abgebrannt sind. Leopold merkt, das ich mich für die Kerzen zu interessieren scheine und sagt: „Aha! Ihr interessiert Euch also für die Kerzen! Sie spenden dem Raum Wärme und beleuchten, neben den Kronleuchtern, diese wunderbare Eingangshalle. Ich bin dafür zuständig, die abgebrannten Kerzen auszutauschen." Das finde ich toll; also frage ich: „Wie oft müssen sie denn ausgetauscht werden?" – „Ich tausche sie jeden Tag! Aber wir müssen jetzt weiter zum König!", Leopold klingt sehr stolz, während er das sagt. Ich folge ihm auf der Treppe nach oben und wir betreten einen weiten Korridor. Auch hier: überall Kerzenständer. Am Ende dieses Ganges befindet sich eine große Tür mit einem noch größeren Vorhänge-schloss. „Leopold, was ist hinter dieser Tür?", frage ich. Leopold schaut ein wenig bestürzt und geht schnell nach links. „Das darf ich Euch nicht beantworten!", sagt er dann. Wir laufen weiter durch viele Korridore und ich frage nicht weiter nach. Während wir laufen, fällt mir auf, welch einen schönen Gang Leopold eigentlich hat. Ich möchte ja nicht schwärmen, aber er ist tatsächlich der hübscheste Junge, den ich je gesehen habe. Plötzlich stehen wir im Thronsaal. Nach einigen Formalitäten und Diskussionen mit den Anwesenden, wendet sich Leopold über den Haushofmeister an den König: „Ich habe dieses Mädchen in Eurem Schlossgarten angetroffen und bin gekommen, Euer Majestät darüber in Kenntnis zu setzen", sagt Leopold. Ich schlucke. Hoffentlich ist der König nett ... Er antwortet: „Das

Mädchen scheint eine lange Reise gehabt zu haben. Bringe Er es in eines der Gästegemächer, dass es sich erholen kann!" Ich bedanke mich und folge Leopold in ein schönes Zimmer mit einem riesigen Bett. Das Zimmer ist in schlichtem Rot gehalten, hat Gardinen und braune Dielen. Es gibt eigentlich nicht sonderlich viele Möbel. Nur einen Schrank, eine Kommode und das Bett. Die Möbel sehen so aus, wie jene, die ich im Museum angetroffen habe. Leopold sagt mir, dass ich mich jetzt ausruhen kann und lässt mich allein. Ich lege mich in das Bett und schlafe auch bald ein.

Ich träume, dass ich auf eine große Tür zurenne, die Klinke herunterdrücke und einen dunklen Raum betrete. Ich entzünde eine Kerze und plötzlich steht Leopold vor mir. Er legt mir eine Kette in die Hand und verschwindet. Trotz der Kerze kann ich in diesem Raum nichts erkennen und gehe wieder hinaus. Am Ende des Flures höre ich Stimmen und gehe darauf zu. Es ist der König, der Leopold anschreit und ihm erklärt, dass er jetzt mit dem Tode bestraft würde, da er mir von dieser Tür erzählt habe. Ich versuche, in den Thronsaal zu gelangen, um dem König zu erklären, dass Leopold nichts damit zu tun habe und das alles allein meine Idee gewesen sei. Doch dann höre ich einen Schuss und sehe ein, dass ich Leopold nicht mehr retten kann …

Ich fahre hoch. Welch merkwürdiger Traum! Ich stehe auf und suche Leopold. Letztlich finde ich ihn im Schlossgarten, wo er eine Hecke zurechtschneidet. Ich setze mich auf eine Bank und sehe ihm dabei zu. Als er mich bemerkt, sagt er: „Guten Tag, Jungfer Paula. Habt Ihr angenehm geruht?" Ich antworte: „Nun ja …" und erzähle ihm von meinem Traum. Er zwinkert mir zu und verschwindet in seiner Hecke. Das war eine merkwürdige Reaktion, denke ich, und gehe auf mein Zimmer zurück.

🦋🦋🦋

Als ich meinen Schrank öffne, sehe ich mich im Spiegel an, und mir fällt auf, dass ich eine Kette um den Hals trage. Auf dieser Kette ist ein Wappen zu sehen, in welches ein großes „S" eingraviert ist. Ich bemerke, dass dies die Kette aus meinem Traum ist, und beschließe, die Tür zu finden.

✿✿✿

In den nächsten Tagen helfe ich Leopold bei der Gartenarbeit und seiner Aufgabe, die Kerzen auszutauschen. Dabei lerne ich viel; zum Beispiel den Unterschied in der Pflege von weißen und roten Rosen und komme überhaupt viel im Schloss herum. Ich sehe mich immer aufmerksam nach der Tür um. Irgendwann laufen wir wieder an der Tür mit dem großen Vorhängeschloss vorbei – nur hängt dort keines mehr. Irgendwer muss es entfernt haben. Plötzlich fällt es mir wie Schuppen von den Augen: Diese Tür ist die Tür, nach der ich gesucht habe.

✿✿✿

Ich warte, bis alles still ist, und stehe auf. Dann schleiche ich mich in den Korridor. Den Weg von meinem Zimmer bis zu der bewussten Tür habe ich mir gut eingeprägt und eine Kerze eingesteckt, als ich Leopold dabei half, sie auszutauschen. Es ist dunkel. Die Kerze spendet gerade genug Licht, um meine Füße zu sehen. Ich komme an der Tür an. Ich drücke die Klinke herunter. Plötzlich höre ich Schritte. Ich fahre herum und sehe einen Kerzenschein. Schnell mache ich die Tür zu, puste die Kerze aus und renne leise den Korridor in die entgegengesetzte Richtung. Der Schein ist verschwunden, die Schritte sind verstummt und meine Kerze erloschen. Ich muss mich vorwärts tasten, um die Klinke wieder zu finden. Meine Hände berühren kaltes Eisen. Erneut drücke ich die Klinke herunter. Doch bevor ich hineinsehen kann, befinde ich mich wieder in der Gegenwart!

✿✿✿

Nach der Schule:
Ich schließe die Haustür auf. „Papa, ich bin da!", rufe ich. Keine Antwort … Anscheinend ist er nicht zu Hause. Also beschließe ich, in die Stadt zu gehen. Draußen sehe ich einen großen Lkw, auf welchem „HagebauUmzug" steht. Daher vermute ich, dass es ein Umzugswagen ist. Ich gehe um den Lkw herum, um zu sehen, wer in unser Nachbarhaus einzieht. Ein Junge kommt aus dem Haus, sieht mich und kommt auf mich zu. Er hat braune Haare

und wunderschöne grüne Augen. Außerdem trägt er eine rote Jeans und ein schlichtes weißes T-Shirt. „Hey … ähm, weißt du, wo man hier Kerzenwachs kaufen kann? Ich möchte heute noch Kerzen ziehen. Ach, und ich heiße übrigens Leo!", er streckt mir seine Hand entgegen. Ich schüttele sie und antworte: „Hallo, ich heiße Paula. Also soweit ich weiß, kann man Kerzenwachs in der Stadt kaufen. Ich bin gerade auf dem Weg dorthin, komm doch einfach mit!" Leo sieht genauso aus wie Leopold und hat eine Vorliebe für Kerzen. Ich lächele, es scheint so, als hätte ich Leopold doch nicht zurückgelassen.

🐝🐝🐝

Als wir auf dem Weg in die Stadt sind, kommen wir an einem Park vorbei.

Anschließend fragt er mich: „Kann es eigentlich sein, dass wir uns irgendwoher kennen?"

„Vielleicht…", antworte ich und lächele ihn an.

E. P.

Atlantis

Warm spüre ich die Strahlen der letzten Nachmittagssonne auf meinem Bauch, die auch vor meinen Augen tanzen. Sie lässt auf meiner Netzhaut ein Schattenspiel aus Silhouetten von Menschen, Bäumen und Bällen erscheinen, vertont von den Kindern und Freunden, die nur ein paar Meter neben der großen Eiche, unter der ich liege, auf dem Volleyballfeld und im Schwimmbecken spielen. Getrübt wird dieser Bild erst durch einen großen Schatten, der sich vor mein persönliches Kino schiebt und die Vorstellung damit beendet: „Och Paula, was hast du denn? Warum liegst du hier blöd im Schatten herum, wo du nicht mal braun wirst, anstatt mit uns im Schwimmbecken zu sein?" Seufzend öffne ich die Augen, um mit meiner besten Freundin zu reden: „Ich will nicht, ich bin so müde und überhaupt, wir sind schon den ganzen Tag im Schwimmbad, habt ihr nicht langsam die Nase voll?" Protestierend stemmt meine Freundin Sophie die Hände in die Hüften: „Na, jetzt mal ernsthaft: Du bist so gut wie nie zu Hause, weil du immer mit deinem Vater unterwegs bist, bei irgendwelchen Ausgrabungen und wenn du dann mal da bist, dann willst du nicht mal Zeit mit uns verbringen. Stellt sich so eine gute Freundin an?" Noch einmal seufze ich, dann reiche ich ihr meine Hand, damit sie mir hoch hilft. „Ich komme ja mit", brumme ich. „Außerdem wird der Sprungturm gerade eröffnet. Willst du dir das etwa entgehen lassen?", versucht mich Sophie weiter von der Schönheit unseres Schwimmbadbesuches zu überzeugen. Und tatsächlich bessert sich meine Stimmung deutlich. Den ganzen Tag über hatten wir schon Ball gespielt, waren geschwommen, gerutscht, doch der Sprungturm war immer geschlossen gewesen. Nach einem nicht allzu langem Spaziergang durch das stachlige, zerlegene Gras neben den Schwimmanlagen klettern wir beide die Leiter zum Drei-Meter-Turm nach oben. Erst oben wechseln wir wieder ein Wort: „Wie heißt das Sprichwort? Wer nicht wagt, der nicht gewinnt? Ich bin zuerst unten, darauf kannst du Gift nehmen." Diabolisch lächelnd nimmt Sophie meine Herausforderung an erklimmt die nächste Leiter, bis zum Fünf-Meter-Turm. Und tatsächlich springt sie, ehe ich mich versehe, und gleitet gekonnt in das hoffentlich nicht allzu kalte Wasser. Trotz des Wettkampfes, dessen Gewinnerin nun eindeutig Sophie ist, zögere ich kurz, bevor ich mich von dem Sprungbrett abstoße. Ich bin schon vom Dreier gesprungen, keine Frage, ich habe auch keine Höhenangst, aber bei dem Gedanken, einfach so loszuspringen, bekomme ich es dennoch mit der Angst zu tun. Als ich aufblicke, sehe ich Sophie am Beckenrand stehen, die ermutigend die Daumen in die Höhe reckt. Sie hat es geschafft, warum ich nicht? Noch einmal hole ich tief Luft, dann lasse ich mich vornüber fallen, versuche meine Arme nach vorne zu strecken und keinen Bauchklatscher zu machen.

Mit dem Kopf zuerst tauche ich in das Wasser ein. Als ich meine Augen unter Wasser öffne, sehe ich allerdings nicht den Boden des Schwimmbeckens, wo ich ihn geglaubt hatte, sondern eine atemberaubende Landschaft aus Korallen und Sandbergen. Verwirrt schaue ich mich um. Wo bin ich? Wie bin ich hierhergekommen? Erst jetzt wird mir klar, dass ich mir wieder den Kopf gestoßen haben muss. Am Boden des Schwimmbeckens? Oder gar am Wasser? Aber beides sollte nicht so hart sein, dass ich jetzt einfach in der Zeit gereist bin. Als ein kleiner Fisch an mir vorbeischwimmt, bemerke ich, dass ich atmen kann. So schnell es mir das Wasser erlaubt, greife ich an meinen Hals. Direkt hinter meinen Ohren kann ich kleine, narbenartige Vertiefungen spüren. Als hätte ich Geburtstag, erfasst mich ein Adrenalinschub und gibt mir Kraft. Elegant drehe ich einen Looping im Wasser. Ich bin schnell. Flink. Geschmeidig. Vorsichtig versuche ich meine Füße auf dem Boden aufzusetzen und zu laufen – siehe da, es scheint zu funktionieren, ich kann laufen, nicht sonderlich gut, aber dennoch laufen. Wie von einer magischen Kraft angezogen, schwimme ich dem kleinen Fisch, den ich gesehen hatte, hinterher. Seine Herde ist schon ein ganzes Stück vor uns. Er dreht sich wackelnd um und sieht mich leicht verunsichert an, jedenfalls so gut man das bei einem Fisch erkennen kann. Doch ich habe verstanden, was er braucht und nicke ihm aufmunternd zu. Mit einer freudigen Bewegung ist er weg – vom einen Flossenschlag auf den anderen, mindestens so plötzlich wie er gekommen ist. Als sich der Wirbel von Luftblasen wieder lichtet, den der kleine Clownfisch verursacht hat, kann ich ihn, dem vorherigen Hügel nähergekommen, wiedersehen. Es scheint, als würde er sich mit einem älteren Fisch unterhalten. Als hätten sie bemerkt, dass ich sie beobachte, drehen sich die beiden Artgenossen um. Mein Herz bleibt für einen Moment stehen, als mein kleiner Weggefährte eine Flosse hebt und sich dann flink wieder der Unterhaltung mit, vielleicht seiner Mutter, widmet. Mit einem leichten Lächeln auf den Lippen mache ich einen Schwimmzug hinter dem anderen, bis ich schließlich auch mitten auf dem Hügel schwebe. Vor mir tut sich eine weite Landschaft auf. Die Rändern begrenzen dichte, in allen möglichen Farben schimmernde Korallenriffe, den Horizont säumt eine Bergkette, die an einigen Stellen aus dem Wasser zu ragen scheint. Doch das wirklich beeindruckende ist das Spiel aus vielen Milliarden Muscheln in dem riesigen Trichter. Ich muss blinzeln. Erst jetzt wird mir bewusst, dass es sich hier gar nicht um ein natürliches Phänomen handelt. Die glatt geschliffenen, glitzernden Hüllen wölben sich wie eine Schlange zu einer gewaltigen, blendenden Stadtmauer, die einen Blick auf ein imposant in Richtung Wasseroberfläche hervorstehendes Gebäude freigibt, dass jedem Prinzessinnenschloss Konkurrenz gemacht hätte. Die Fenster scheinen aus puren Perlen gemacht zu sein, die in kunstvollen Ornamenten an der Spitze der Häuserpracht zusammenlaufen. Auch die restlichen Mauern und Türen des Schlosses bestehen, ebenso wie die Stadt- oder Burgmauer, aus Muscheln und kleinen, zu Trichtern geformten Korallen, die einen leichten Schimmer über das ganze Areal ziehen. Vorsichtig, um bloß keinem Meeresbewohner weh zu tun, stoße ich mich mit einem Fuß vom Ozeansand ab und schiebe mich durch die gewaltigen Fluten weiter auf die steile Kante der Klippe zu. Erst hier kann ich sehen, dass manche Ornamente, vorzüglich jene der vier Ecktürme des Palastes, zwar mit kleinen Perlen übersät sind, diese allerdings blau und nicht weiß schimmern. Auch das gewaltige Tor zu dieser mächtigen Stadt ist mit kleinen blauen Arabesken überzogen. Mittlerweile stehe ich ganz vorne an der Klippe, die das ständige Treiben der Meeresbewohner von dem gewaltigen Palast trennt. Ich spüre, wie mich etwas nach hinten zurückzieht. Erst vermute ich, dass es der kleine Fisch oder ein anderer Einheimischer ist, der mich beschützen will, damit ich nicht von der Klippe stürze. Doch in Wirklichkeit steht kein Meerestier hinter mir und es beschützte mich auch niemand. Ich blicke an mit herunter und erkenne, dass ich ein langes seidenes

Kleid trage. Durch die leichte, ständige Bewegung des Wassers plustert es sich um mich herum auf wie eine Qualle und umspielt gleichzeitig meinen Körper, ohne etwas von ihm preiszugeben. Das Ende des langen Schleiers hat sich in einer Schere eines Krebses verfangen. Ich knie nieder, um dem Krebs zu helfen. Doch dieser hat das Kleid schon aus seiner Schere befreit und läuft grummelnd, meckernd davon. Ich starre immer noch wie verwundert auf das Kleid, das ich anscheinend schon trage, seit ich hier angekommen bin. Als ich wieder hochschaue, hat sich der Tumult um mich gelegt und ich stehe alleine auf der äußersten Kante der Klippe. Alle Meerestiere sind mehrere Schritte zurückgewichen und haben mir Platz gemacht. Ich fühle mich wie eine Maus, die in den Fressnapf einer Katze gefallen war und nicht mehr herauskam. Eine kleine Welle erfasst mein Haar und mein Kleid und zieht an ihnen. Unweigerlich drehe ich mich in die Richtung, aus der die Welle zu kommen scheint. Sie zieht mein Kleid und meine Haare nach hinten, als wollte sie mich mitnehmen und über die Meeresbewohner hinweg, bis in ein fernes Riff tragen. Widerstrebend strecke ich meine Nase gegen den Sog der Welle und trotze der Naturgewalt. Ich schließe die Augen und konzentriere mich nur auf die sanften Berührungen der Seide, die meine Beine einschließt. Ein gewaltiges Krachen schleudert mich wie von einem Riesenrad herunter wieder zurück in die Wirklichkeit – wenn das hier denn die Wirklichkeit ist. Vor mir bricht aus dem Tor heraus eine ganze Herde von schwarzen Pferden. Ihre Reiter tragen alle schwarze Umhänge, deren Kapuzen sie so über die Köpfe gezogen haben, dass man weder ihre Gesichter noch ihre Haare sehen kann. Das einzige, was man erkennt, sind ihre Hände, die von kleinen schwarzen Tätowierungen überzogen sind. Mit den schwarzen Reitern scheint eine Welle an kleinen Kieselsteinen aus dem prächtigen Tor zu strömen, die wie eine Ameisenhorde den schwarzen Arabern folgen. Wie gebannt folge ich den Reitern mit den Augen. Als sie außerhalb meiner Sichtweite sind, scheint sich das Licht zu verändern, es wir heller. Plötzlich fängt jede einzelne Muschel an zu leuchten, jede in einer anderen Farbe. Ich versuche mich vom Boden abzustoßen, wieder zu schwimmen. Es funktioniert nicht. Aufgeschreckt von dieser plötzlichen Einschränkung versuche ich mich zu bewegen. Ich kann laufen, wie über Wasser. Gott sei Dank. Das Ganze passierte von einer Sekunde auf die andere. Es kommt mir vor, als wäre ich von den Farben weggespült worden. Hinter mir räusperte sich jemand: „Entschuldigung, dass ich Sie störe, Prinzessin?" Verwirrt drehe ich mich um, vor mir steht ein Mann etwa um die dreißig Jahre, mit leicht angegrauten Haaren: „Sie scheinen mich zu verwechseln, ich bin noch nie hier gewesen." Ohne mir eine Antwort zu geben, dreht er sich um läuft ein paar Schritte, dann dreht er sich noch einmal um und sieht mich auffordernd an. Unsicher raffe ich mein Kleid zusammen und beeile mich, ihm zu folgen. Mit einer kleinen Handbewegung bedeutet er den Meeresbewohnern, eine Gasse zu bilden und marschiert dann grade durch diese hindurch. Einen kurzen Moment zögere ich, doch laufe dann schließlich doch durch den Meeresbewohnertunnel. Dahinter sehe ich, dass sich auf der rechten Seite der Klippe eine Treppe aus marmornen Stufen den Fels hinunter bis direkt vor die Tore des Palastes windet. Ich lasse den Saum meines Kleides auf den Boden fallen. Langsam schreite ich auf die Treppe zu. Als ich hier angekommen bin, hatte ich sie gar nicht bemerkt. Oder war sie vorhin noch nicht dagewesen? Unsicher trete ich auf die oberste Treppenstufe. Sie scheint stabil zu sein. Trotzdem tue ich jeden Schritt etwas vorsichtiger. Ich bin misstrauisch gegenüber den in den Fels geschlagenen Stufen. Erst als ich etwa die Hälfte des Weges zurückgelegt habe, schaue ich mich nach dem Mann um. Er steht bereits am Fuße der Klippe und wartet. Unruhig blickt er immer wieder auf seine Uhr.

Als ich schließlich vor ihm stehe, atmet er erleichtert aus. Die erste Gefühlsregung, die ich an ihm sehe. Doch auch diese verfliegt schnell wieder von seinem Gesicht, als er mir erneut den Rücken zuwendet und auf einem kleinen Trampelpfad in Richtung der Stadt marschiert. Entschlossen raffe ich meinen Rock hoch und eile hinter ihm her. „Wer sind Sie? ... Und ich bin garantiert keine Prinzessin!", rufe ich ihm nach. Ich habe nicht mit einer Antwort gerechnet, trotzdem dreht sich der Mann seufzend um: „Wir sind hier nicht sicher. Doch Miss Mulbuer wird Ihnen sicher alles erzählen – jedenfalls so viel, wie Sie wissen müssen. Nennen Sie mich Fi." Obwohl das eine Erklärung sein sollte, habe ich jetzt noch mehr Fragen als vorher. Wer war Miss Mulbuer und was durfte ich nicht wissen? Ich bin so in

Gedanken versunken, dass ich gar nicht gemerkt habe, dass wir vor dem Tor angekommen sind. Von hier aus sieht die Stadt noch viel prächtiger aus. Die blauen Ornamente, die ich von der Klippe nur vage erkennen konnte, entpuppen sich als kleine Rosen. Die Dornen an diesen sind allerdings echt, wahrscheinlich als Wehranlage gedacht. Mir scheint die Situation aussichtslos. Wo konnte man anklopfen, ohne sich die Hand aufzustechen? „Muss man nicht", als hätte er meine Gedanken gelesen, dreht sich Fi, der Diener, um. „Man muss nicht anklopfen", erklärt er mir, „man wartet einfach, bis jemand kommt." Verunsichert gucke ich ihn an: „Aber das kann doch Stunden dauern!" – „Nur wenn man *den* hier nicht hat", er zeigt mir einen großen Ring, der mit der gleichen Rose ausgestattet ist, wie sie an den Toren zu wachsen scheint. Ich zucke zusammen, als mit einem gewaltigen Quietschen eine kleine Luke im Tor geöffnet wird. „Ja bitte?", ein bärtiger Mann, etwa um die vierzig. „He, Mark", gelassen stützt Fi sich an der Wand neben der Mauer auf, „lang nicht mehr gesehen, alter Knabe!" Ein breites Grinsen erstreckt sich quer über sein sonst so teilnahmsloses Gesicht. „Wie geht's der Frau? Und den Kindern?" Der Mann aus der Luke scheint ganz überwältigt von so viel Aufmerksamkeit zu sein. Über beide Ohren schwer grinsend gibt er ein Zeichen über seine Schulter. Daraufhin fährt das Tor ganz langsam hoch, bis es mit einem Knarzen stehen bleibt. Vorsichtig beuge ich mich vor, um in den Innenhof blicken zu können. Es öffnet sich vor mir ein Schauspiel, das ich so noch nie gesehen habe. Ein Markttreiben, das sich die heutige Welt gar nicht mehr vorstellen kann. Stände stehen bis zu den Mauern der Häuser, die den Platz begrenzen. Jeder einzelne Händler ruft und preist seine Waren auf verschiedenste Weisen an. Mit steigt der Geruch von Fisch und Kartoffeln in die Nase. Als ich mein Kleid hochraffe und eintrete, überwältigt mich eine Stimmung, die ich nicht genau definieren kann. Sie hat etwas Ausgelassenes. An jeder Ecke steht ein Gaukler, der singt und jongliert. Kleine Kinder rennen umher und verstecken sich hinter Kisten, Fässern und Ständen vor ihren Geschwistern. Doch gleichzeitig fühle ich auch die Anspannung, die in der Luft liegt. Trotz der festgelegten Preise und den Abkommen der Zünfte schwebt die Last der Konkurrenz in der Luft und verpestet sie. Wie Giftblitze jagen unsichtbare Blicke über den Markt, die zum

Töten genügen würden. Langsam laufe ich weiter. Menschen kommen mir entgegen, senken den Kopf, drängen sich dann aber schnell weiter. Eine Hand legt sich auf meine Schulter. Ich zucke zusammen und fahre herum – es ist bloß Fi, der mir aufmunternd zulächelt. Nun verstehe ich, warum ich nicht mehr schwimmen konnte; es ist die Anziehungskraft der Stadt, die mich auf dem Boden hält und mit mir auch alle ihre Gebäude, Einwohner und Waren. An jedem Stand, an dem wir vorbei laufen, werde ich wieder überrascht. Mir gefällt das Treiben, das mir das Gefühl gibt, mittendrin zu sein. Verschmitzt halten mit Händler die verschiedensten Dinge entgegen: Stoffe, Schleifen, Taschen, Kerzen, ja selbst seltene Edelsteine. Auch der Geruch des Handels überwältigt mich. An jedem Stand schlägt mir ein neuer Dunst ins Gesicht. Schon bald weicht der anfängliche Fischgeruch einem milden Duft nach frisch gebackenem Brot und Lavendel. Mitten auf dem Platz steht eine gigantische Statue. Sie ist umrandet von einer Menschentraube, die mir hingebungsvoll Platz macht, als ich versuche, den Grund der Versammlung zu erspähen. Mein Kleid hochgerafft, um etwas schneller gehen zu können, mustere ich im Vorbeigehen jeden einzelnen Bürger. Gleich unter der Statue steht ein Junge, vielleicht ein, zwei Jahre älter als ich. Erstaunt stelle ich fest, dass er das genaue Ebenbild der Statue, unter der er steht, ist. Irgendwie kommt er mir bekannt vor. Nicht von der Statue her. Nein, ganz sicher mit. Aber mit seinen roten Hosen hat er etwas Vertrautes. Mit einem leichten Kopfschütteln wende ich mich von seiner Erscheinung ab. Ich stufe ihn unter den Typ Mensch ein, der so eingebildet ist, den ganzen Tag unter seinem gigantischen Ebenbild zu stehen und den leichtgläubigen Menschen von seinen Heldentaten erzählt – wobei er in seinen Geschichten natürlich die Dramatik und den aufzubringenden Mut der jeweiligen Situation vollkommen übersteigt. Fi steht direkt hinter mir, als ich mich umdrehe. „Wer ist das?", raune ich ihm zu. „Das? Das ist Leo. Er ist der Sohn des Schmiedes. Jedoch hat er, als er in der Nähe des Bergwerkes war, um für seinen Vater nach neuem Eisen zu fragen, verhindert, dass die Königin entführt wird. Er soll sich Pfeil und Bogen von einem Jäger geliehen haben, den er auf dem Weg traf und dem schwarzen Reiter den Pfeil direkt in die Brust geschossen haben. Kurz an der Königin vorbei", entgegnet er. „Wahrscheinlich ein

Glückstreffer", murmle ich in mich herein. „Keineswegs!",
erstaunt blicke ich auf. Leo, wie Fi ihn genannt hat, schaut mir
direkt in die Augen. Verflixt, woher kenne ich ihn nur? „Ich war
schon immer ein guter Bogenschütze, Prinzessin", fährt er fort.
Bei dem Wort Prinzessin bleibt mir der Mund offen stehen.
Woher wusste er das? Oder war ich das? Eine Prinzessin?
Unbeirrt streckt Leo mir seine Hand entgegen. Ohne nachzuden-
ken ergreife ich sie. Ein dummer Fehler. Als wäre ich so leicht
wie eine Feder, zieht er mich zu sich auf das Podest, auf dem er
steht. Um mich herum verbeugt sich die Menge. Offensichtlich
wissen auch sie, wer ich bin. Doch mir stellt sich weiterhin die
Frage: Warum? Warum wissen sie es, wenn nicht mal ich es
weiß? Fi räuspert sich: „Ich denke, wir sollten jetzt weitergehen."
Ich löse meine Hand aus dem festen Griffs Leos und springe
geschickt, ohne dass mein Kleid hochrutscht, vom Podest.
Würdevoll spaziere ich weiter durch die Menge. Leicht
unbehaglich, da anscheinend alle Augen auf dem Marktplatz auf
mich gerichtet sind, frage ich Fi: „Bin ich wirklich eine
Prinzessin?" Insgeheim bin ich froh, dass weder er noch ein
Stadtbewohner diese Frage gehört hat. Wenn ich darüber
nachdenke, ist die Antwort ziemlich offensichtlich nein, da mich
ja nicht alle kennen können, die ich sie alle nicht kenne.
Trotzdem lasse ich mich von Fi weiter durch den Sinnestaumel
des Marktplatzes führen. Wir steuern direkt auf eine große Tür
zu, die mit ähnlich vielen Korallen bedeckt ist wie das Stadttor.
Als die beiden Wachen davor uns sehen, gucken sie sich
bedeutungsvoll an. Als hätten sie eine Tanzchoreographie einstu-
diert, öffnen sie synchron die Tür. Das Innere des Palastes
überrollt mich geradezu. Sowohl oben als auch unten an den
Wänden und Decken ist Goldstuck zu finden. Der Boden besteht
aus reinem, auf Hochglanz poliertem Marmor. In der Mitte des
Raumes führt eine massive Steintreppe hinauf in den zweiten
Stock. Rechts und links an ihr vorbei führen Flure, die trotz ihrer
vergleichsweisen Kleinheit fast so breit sind wie die längere Seite
meines Zimmers zu Hause. An ihren Seiten stehen schmale
Beistelltische, die prachtvolle Vasen mit elegant geschnürten
Blumensträußen tragen. Hinter jedem Strauß hängt ein Goldspie-
gel, der sowohl den Saal als auch die Blumen noch größer und
massiver aussehen lässt. Direkt von der Tür aus führt ein roter

Teppich die Treppe hinauf. In den Ecken des gigantischen Saales stehen Sessel, die so gemütlich aussehen, dass ich mich am liebsten hineingeschmissen hätte. Doch das prachtvollste an diesem Anblick ist der riesige, goldene Kronleuchter, der direkt über der steinernen Treppe hängt. Auf ihm stehen viele hundert Kerzen, die alle funkeln und brennen. Im Kontrast zu der dunklen Decke sieht es aus, als würde das Ganze den Sternenhimmel darstellen; die Decke wie der Himmel und davor glitzern heller, als so mancher echte Stern, den ich schon gesehen habe, die Kerzen. Während der goldene Stuck dem Ganzen einen Hauch von „majestätisch" und „prunkvoll" verleiht. Ich bekomme einen Stoß von hinten. Stumm deutet Fi die Treppe hinauf. Immer noch überwältigt, steige ich die Treppenstufen empor. Als ich mich umdrehe und Fi fragen will, wer hier wohnt, ist er nicht mehr hinter mir. Verwirrt drehe ich mich wieder nach vorne. Vorsichtig raffe ich mein Kleid, damit ich nicht darauf trete, hoch. Urplötzlich höre ich einen markerschütternden Schrei. Er scheint von oben zu kommen. Schneller, als ich es in diesem Kleid für möglich gehalten hätte, renne ich die Treppe hinauf. Auf der Empore wartet Fi auf mich. Wie er wohl dorthin gekommen ist? Auch er scheint den Schrei gehört zu haben. Das Entsetzten auf seinem Gesicht ist nicht zu übersehen. Ich werfe ihm einen vielsagenden Blick zu. Beinahe gleichzeitig schleichen wir die nächste Treppe nach oben. Wie die untere ist sie mit einem roten Teppich ausgelegt. Ein weiterer Schrei; ich halte einen Moment inne, als er Türen knallend durch die Säle, Gemächer, Angestelltenzimmer, Kaminräume und Baderäume schließlich bis zu uns fliegt. Ich kann ihn förmlich vor mir sehen, wie ein offener Mund aus Nebel vor mir in der Luft. Ich breche fast zusammen, als er direkt durch mich hindurch fliegt. Markerschütternd. Ich schaue zu Fi auf, sage aber nichts. Ihm steht ins Gesicht geschrieben, dass der Schrei auch ihn erwischt hat. Vorsichtig, um so wenig Geräusche wie möglich zu machen, raffe ich mein Kleid hoch und schleiche ihm die Treppe hinterher, weiter nach oben. Auf dem nächsten Treppenabsatz kann ich schon von weitem sehen, dass eine der vielen mit Gold verzierten Türen nicht ganz geschlossen ist. Meines Erachtens ziemlich ungewöhnlich, schließlich waren alle Türen, an denen ich bisher vorbei gekommen bin, verschlossen. Wieder schleift mein Kleid in besorgniserregender Lautstärke über den roten Teppichboden. Verärgert dreht sich Fi zu mir um: „Kannst du dieses verdammte Kleid nicht über dem Boden halten?", nuschelt er halb in seine vorgehaltene Hand, halb zu mir. Als ich keine Antwort gebe, nimmt er kurz entschlossen sein Taschenmesser aus der Hosentasche und schneidet, zu meinem Entsetzen, das schöne Seidenkleid bis zu den Knien ab. Wie eine Feder sinkt der Saum des Kleides schwebend zu Boden und bleibt dort, wie ein leichter Hauch Wind, fast durchsichtig liegen. Dankbar, aber zugleich auch wütend, schaue ich Fi an. Als von einem Windstoß die Tür plötzlich ein Stück weiter auffliegt, kann ich einen Mann mit einem Messer in der Hand und dem Rücken zu uns sehen. Undeutlich vernehme ich seine Stimme: „Sind … deine Wachen … gerufen … Schuld … wirst … sehen … Ritter … Burg stürmen …" Aus dem Augenwinkel sehe ich Fis verstörten Gesichtsausdruck. Er drückt perfekt aus, wie ich mich gerade fühle. Ich zucke zusammen, als ich erneut die Stimme des Eindringlings höre, dieses Mal aber nicht undeutlich. Er spricht mit mir: „Prinzessin!", irgendwie scheint er überrascht und zutiefst berührt zugleich zu sein, „ich hätte dich nicht hier erwartet! Sonst hätte ich mir etwas Passenderes angezogen." Misstrauisch mustere ich ihn von oben bis unten. Er trägt schwarz. Zwar gibt es auf seinem glänzenden Hemd kleine Applikationen, allerdings bestehen auch die nur aus schwarzem Garn. Als er die Hand hebt, stelle ich erstaunt fest, dass ihm bei jeder Bewegung kleine schwarze Kieselsteine verfolgen. Wie ein Schleier tauchen sie hinter ihm auf, um dann langsam nach der Vollendung der Bewegung auf den Boden zu rieseln. Sein Gesicht ist eine einzige Narbe. Sowohl am Mund, den Augen, den Wagen, den Augenbrauen als auch der Stirn finde ich kleine, tiefe Narben. Zu meiner Verwunderung haben auch sie ein unnatürliches Schwarz. Sein Grinsen sieht mehr nach einem Horrorclown als nach einer sympathischen Geste aus. Etwas angewidert wende ich mich von ihm ab zu Fi. Ich weiß, dass der Angreifer meinen verängstigten Gesichtsausdruck gesehen hat. Und mich wahrscheinlich dafür verachtet, dass ich mich auf eine so angewiderte Weise abwende. Doch noch interessanter als der Gesichtsausdruck des Mannes ist der von Fi. Ihm ist purer Hass ins Gesicht geschrieben. Kein Hass, den man aufgrund einer einzigen Begegnung hegt, sondern ein lang im Herzen gewachsener Hass voller schlechter Erinnerungen, die den Ursprung in der Person gegenüber tragen. Woher kennen die beiden sich und woher kennt der Angreifer mich? „Bruderherz!", die Stimme des vernarbten Mannes klingt belustigt und hasserfüllt zugleich. „Ich wusste gar nicht, dass du dich in die Arme Atlantis' gerettet hast. Nachdem du dreißig Messer in mein Gesicht gerammt hattest, habe ich dich nicht mehr gesehen. Wie geht es dir?" Der Sarkasmus in der rauen Stimme zeugt von Schmerz und Verletzungen. „Hat Mareike die Schwangerschaft damals gut überstanden?" Verblüfft merke ich, dass diese Frage keine sarkastische Note hat, sondern anscheinend ernst gemeint ist. „Sie ist tot", Fi murmelt so leise, dass selbst ich, die direkt neben ihm steht, nur mit Mühe verstehen kann, was er da sagt. Wartend sehe ich in das verunstaltete Gesicht ihm gegenüber. Wie wird der seltsame Eindringling auf die Antwort seiner einzigen ernstgemeinten Frage wohl reagieren? Und tatsächlich – eine Schrecksekunde lang verzieht sich das Gesicht des Mannes zu einer noch gruseligeren Grimasse als sein Lächeln. In dieser kann ich mehr lesen als mir lieb ist; Verzweiflung, Trauer, verlorene Liebe, Hilflosigkeit und vieles mehr. Noch bevor ich mich genauer mit dem Ausdruck beschäftigen kann, ist die innerliche Verteidigung von Fis Bruders wieder aufgebaut und die Wand, die seine Gefühle umschließt, dicker als zuvor. Ein Schluchzen reißt die beiden Streithähne aus ihren Gedanken. Die Frau, die vorhin von dem Mann bedroht worden ist, stößt einen lauten Schrei von sich. Erst jetzt sehe ich die große Schnittwunde auf ihrem Bauch. Mit drei Schritten ist der vernarbte Mann bei der zierlichen Frau. Bevor er sich aus dem Fenster schwingt, wendet er sich noch einmal, mit einem verschmitzten Lächeln um die Lippen, zu uns: „Wir sehen uns!" Noch bevor er seine schwarze Gestalt, gefolgt von schwarzen Kieselsteinen, aus dem Fenster schwingt, öffnet sich die Tür und der Junge vom Marktplatz stürmt ins Zimmer. Mein Blick, der vorher so fest an dem Mann auf dem Fensterbrett gehangen hat, richtet sich jetzt auf Leopold. Nach Luft schnappend steht er im Türrahmen. Den Köcher auf den Schultern, den Bogen in der Hand haltend, steht er da. Für einen Augenblick verfangen sich unsere Blicke, wie bei einer leichten Handberührung im Vorbeigehen, ineinander. Ich rühre mich erst wieder vom

Fleck, als ich aus dem Augenwinkel Fi zu der Verletzten eilen sehe. Nervös und peinlich berührt, trete ich von einem Fuß auf den anderen. Dass mein Kleid mit einem unsauberen Schnitt etwas oberhalb der Knie abgetrennt ist, macht die Situation nicht besser. „Hohl Doktor Mays!", irritiert schaue ich auf. Gehorsam nickt Leopold zu dem Befehl, den Fi ihm anscheinend erteilt hat. Noch bevor ich mich verabschieden oder noch ein Wort sagen kann, hat sich der Held in den roten Hosen auch schon umgedreht und ist die roten Stufen des Treppenhauses heruntergeeilt. Erst jetzt, da dieser komische Vogel weg ist, kann ich mich auf die Frau am Boden konzentrieren. Meine Augen weiten sich vor Schreck, als ich ihre Erscheinung wahrnehme. Trotz ihrer Bauchwunde strahlt sie ein solches Selbstbewusstsein und Stärke aus, dass ich mich plötzlich nur noch wie ein kleiner Wurm im Apfel fühle. Zwar sind ihre Haare verklebt und ihr Kleid, das wahrscheinlich mal genauso ausgesehen hat, wie das, welches ich trage, verdunkelt sich an der Stelle, an der ein Messer in ihr steckt, doch trotzdem ist ihr Beisein seltsam erdrückend. Auch sie schaut zu mir auf. Mit halbverschlossenen Augen nuschelt sie in ihre geschwollenen Lippen: „Prinzessin Pa... Paula" Noch bevor ich bei ihr bin oder ihr antworte, ist sie auch schon zusammengebrochen. Sie liegt am Boden. Wie ein unheilvolles Zeichen bohrt sich die Spitze des Messers unter ihrem zierlichen Gewicht immer weiter in ihren Bauch.

Wenige Zeit später sitze ich in den zerrissenen Teilen meines Kleides, die noch auf der Treppe liegen, in einem weiteren Saal, der mindestens doppelt so groß ist wie die Eingangshalle, durch die ich das Schloss betreten hatte. Auch hier sind an den Seiten Spiegel angebracht, in denen ich mich immer und immer weiter spiegele. Meine verwahrloste und zerrissene Erscheinung wirkt in dem Prunk des verzierten Teppichs, des mahagonihölzernen Tisches, der sich durch den ganzen Saal streckt und immer weiter zu wachsen scheint, und der wiederum stuckverzierten Decke – um die prachtvollen Stühle und Sessel mal wegzulassen – verlorener als ein rotes Schaf in der Badewanne. Als die Tür hinter dem gerufenen Doktor Mays, Fi und der verletzten Frau am Ende der großen Halle ins Schloss fällt, atme ich erleichtert aus. Langsam stehe ich auf, um die Reste meines Kleides in den als Vase getarnten Mülleimer zu werfen. Doch der Weg ans Ende des

Saales ist anstrengender als ich dachte. Schon nach zwei Schritte knicken meine Füße unter meinen Beinen einfach weg, vor meinen Augen wird es schwarz und meine leichten Kopfschmerzen verwandeln sich in einen pochenden Schmerz, der sich in meinem ganzen Körper ausbreitet. Noch während ich stürze, sehe ich, wie die Tür des Saales aufgeht und jemand in roten Hosen zu mir eilt.

Wenig später wache ich alleine in einem weiteren Zimmer auf. Dieses Mal ist es längst nicht so groß wie der Saal oder die Eingangshalle. Vielleicht etwas kleiner als das Zimmer, in dem die Frau niedergestochen wurde. Dieses Zimmer hatte ich mir nicht genau angeguckt, doch wenn ich genau zurückdenke, fallen mir die weißen Porzellanvasen und die knallrote Tapete doch wieder ein. Außer hinsichtlich der Größe hat dieses Zimmer keine Ähnlichkeiten mit den anderen Räumen, die ich schon gesehen habe. Dieses hier ist rund. An den Wänden hängen die Bilder nicht, wie im Flur oder in der Eingangshalle, eingerahmt in goldenen Rahmen. Die Bilder hier sind mit einem feinen weißen Holzrahmen umrandet. Überhaupt dominiert das Weiße den ganzen Raum, wodurch er schlichter und nicht so übertrieben wirkt wie die Säle mit dem ganzen Stuck an der Decke. Weiß sind auch die Fenster, die mir einen wunderbaren Blick auf die weite Landschaft Atlantis' freigeben. Es scheint mir, als wäre ich in der Kuppel eines der Türme, die von außen mit Muscheln übersät sind. Durch das Fenster gleich neben der doppelten Flügeltür kann ich den Marktplatz mit der Statue des Jungen mit den roten Hosen sehen, dieses Mal jedoch bildet sich keine Menschenmenge, um den abenteuerlustigen Geschichten zu lauschen. Überhaupt scheinen die Straßen ruhiger zu sein. Stiller, als ich es, während ich mit Fi zum Palast gelaufen bin, in Erinnerung habe. Aus dem Fenster auf der gegenüberliegenden Seite sah ich, dass Fi und ich das prächtige Gebäude nicht durch den Haupteingang betreten hatten. Auf dieser Seite öffnete sich das Häusermeer auf eine offene Fläche. Dominiert war diese von einem mächtigen Springbrunnen, der einen Grundriss in Form eines Schmetterlings hatte. Dahinter gab der Brunnen den Blick auf zwei gigantische Treppen, die komplett aus schimmerndem Marmor gefertigt waren, frei. Sie schienen wie zwei Schlangen, die sich immer weiter an dem Schloss hinauf bis zur mächtigen Eingangstür wanden. Diese war, wie der Tisch, an dem ich gesessen hatte, soweit ich sehen konnte, aus massiven Mahagoniholz gearbeitet. Wie Luftblasen durchbrochen immer wieder kleine Muscheln das Holz und schienen einen winzigen Einblick in das Leben bei Hofe preiszugeben. Auch die Fassade sah hier wesentlich anders aus. Zwar schienen die Mauern immer noch von kleinen Korallen durchbrochen, doch war die Grundfarbe der Muscheln nicht mehr weiß, sondern grau bis schwarz. Auch der Brunnen mit seinen Fontänen war nicht mehr mit Wasser gefüllt. Stattdessen schaukelte in seinem Inneren eine unangenehm schwarzgrüne Flüssigkeit, die man wohl als Hexengebräu bezeichnen könnte. Plötzlich klopfte es an die Tür. Ohne, dass ich mich umgedreht hatte, war ein Besucher hereingekommen. Mit einem dumpfen Stoß fiel die Tür ins Schloss. Noch immer blickte ich auf den verwahrlosten Vorhof. „Wie schön er einst ausgesehen haben muss", seufzend riss ich mich von dem Anblick los. Zu meinem Erstaunen stand nicht Fi, wie ich vermutet hatte, vor mir, sondern Leo. Wie immer trug er seine roten Hosen. Andächtig nickte er. „Oh ja", fast glaubte ich ein wenig Schmerz in seiner Stimme mitschwingen zu hören, „er war wunderschön. Du musst dir vorstellen, dass die Treppen nicht einfach nur marmorn waren. Früher hatten sie kleine Applikationen, dass es so aussah, als wären es tatsächlich echte Schlangen – wie es in der Überlieferung steht. Die ganze Front strahlte in einem so glänzenden Weiß, dass man sich fast die Hand vor die Augen hielt, um nicht geblendet zu werden. Der Brunnen sprudelte das klarste und durchsichtigste Wasser hervor, dass ich je gesehen habe. Und erst die Fenster. Sie waren aus purem Diamant. Aber nicht in der Farbe, in der du dir die leicht bläulichen Steine vorstellst. Nein, sie waren durchgehend weiß. Weißer als jedes noch so saubere Tuch der Wäscherinnen." Langsam wende ich mich wieder den Fenstern zu. „Das muss sehr schön ausgesehen haben", wispere ich, ein wenig zu mir selber. „Oh ja, das hat es", antwortet Leo. Als ich mich umdrehe, meine ich sogar zwei kleine Tränen in Form von kleinen Diamanten sehen zu können. Doch bevor ich ihn danach fragen kann, klopft es an der Tür. „Ja", rufe ich.

„Nein", der Mann, der uns als General Bunkenmaus vorgestellt worden ist, schlägt mit der Faust auf den langen Tisch. Erschrocken fahre ich zusammen. Mir gegenüber sitzt Leo. Auch er scheint verwirrt zu sein. Nachdem Fi an die Tür geklopft hatte und uns in diesen Konferenzraum geführt hat, hat er kein Wort mehr gesagt. Der Tisch ist für ungefähr zwanzig Personen ausgelegt. An seiner Stirnseite sitzt die zierliche Frau, die von Fis Bruder angegriffen worden war, in sich zusammen gesunken da, den einen Arm in einer Bandage, den anderen auf den Tisch gelegt. Ihre Lippen sind geschwollen und aufgeplatzt. Sie scheint nicht bei bestem Bewusstsein zu sein; ein Wunder, dass sie überhaupt hier sein kann. Links von ihr sitzt Doktor Mays. Er scheint zwar aufmerksam zuzuhören, doch dreht er sich alle zwanzig Sekunden besorgt zu der Frau um. Auf ihrer rechten Seite sitzt Fi. Er scheint nichts von dem General zu halten, nach jedem Satz von ihm schnaubt Fi verächtlich und drückt die Hand der Verletzten. „Nein", ruft der General wieder, „wie kann das passiert sein? Wie konnte er einfach so in das Schloss kommen? Meine Männer bewachen die ganze Stadt rund um die Uhr. Alle wissen, wie sie einen schwarzen Reiter erkennen und töten." – „Es muss einen Maulwurf geben", erst jetzt bemerke ich den Mann in der Ecke des Raumes. Er hat ein langes schmales Gesicht, mit tiefliegenden, stechenden Augen, hohen Wangenknochen, einer geschwungenen, schmalen Augenbrauenpartie, einem kleinem Kiefer und einem spitzen Kinn, das von kleinen Bartstoppeln übersät ist. Auch an seinen Schultern bemerke ich Abzeichen, sodass ich davon ausgehe, dass dieser Mann wohl einer der Männer in den höheren Rängen des Generals ist. Trotzdem kommt er mir weder sympathisch noch vertrauenerregend vor. Eher im Gegenteil, es scheint mir, als würde er mich mit seinen verstohlenen, tief dunkelgrünen Augen durchbohren, mir jedes Geheimnis aus den Augen ablesen, mich aussaugen wie ein Blutegel und schließlich meine leere, seelenlose, beschämte Hülle einfach so in die Ecke werfen. Angewidert, verschreckt, ängstlich drehe ich mich von ihm weg und konzentriere mich auf die anderen Teilnehmer der Konferenz.

Nach drei Stunden einer langweiligen Krisensitzung, voll von Strategien, ausgeklügelten Angriffsplänen und rauchenden Köpfen, in der ich nichts gesagt habe und nicht hätte anwesend sein müssen, ist die Luft in dem auf mich plötzlich beengend wirkenden Konferenzraum zäh und ausgemergelt. Während Fi, die verletzte Frau – von der ich immer noch nicht genau weiß, welche Rolle sie spielt – General Bunkenmaus, Doktor Mays und der schlaksige Mann mit den durchstechenden Augen ihre Konferenz abhielten, wechselte ich immer mal wieder den Platz: von dem Stuhl am Tisch zu dem Sessel neben der Tür. Von der gepolsterten Fensterbank mit Blick auf den gigantischen Hof – den ich auch schon von meinem Zimmer aus sehen konnte – auf der ich zuletzt saß, schienen die Erwachsenen gar keine Notiz zu nehmen. Sie waren versunken in ihren Gedanken, Geschichten ihrer Sorge und Verzweiflung über die Zukunft Atlantis'. Auch Leo schien Gefallen an den wirren Zeichnungen des Generals und seinen dubiosen Kraftausdrücken zu finden. Drei Stunden lang saß er mit durchgestrecktem Rücken und leuchtenden Augen auf seinem Stuhl am Konferenztisch; ganz erpicht darauf, Genaueres über die Strategien und Pläne des Militärs zu erfahren. Nur der schlaksige Mann in der Uniform zeigte noch mehr Aufmerksamkeit als Leo. Ohne Unterbrechung schrieb er jedes gesagte Wort in ein kleines Heft, das er zu Beginn der Sitzung aus den Tiefen seiner Taschen zusammen mit einem penibel, perfekt gespitzten Bleistift gezogen hatte. Einmal hatte er eine Pause gemacht. Einmal zog er während einer der Kaffeepausen, in denen sich keiner der Anwesenden einen Kaffee holen ließ, sondern nur in sich zusammensackte und Doktor Mays den Gesundheitszustand der dunkelhaarigen Frau überprüfte, mit zwei Fingern einen glänzenden, goldenen Spitzer hervor und feilte an der Mine seines Stiftes, bis diese wieder so spitz und gerade wie vor der Sitzung war. Seufzend gucke ich von dem immer noch eifrig mitschreibenden Mann, über die sichtlich schwitzende und unwohlseiende Frau, den besorgt auf sie blickenden Doktor Mays, den schreienden General Bunkenmaus und den sich die Haare raufenden Fi, hinüber zu Leo. Wie von Anfang an sitzt er auf dem Stuhl neben meinen leeren und scheint aufmerksam zu-zuhören. Doch könnte ich darauf wetten, dass sein Rücken längst nicht mehr so gerade wie vor ein paar Stunden ist. Gerade als die Lautstärke der Schreierei des Generals ihren Höhepunkt erreicht, öffnet sich schwungvoll die große Doppeltür. Hinein kommt ein Mädchen. Trotz ihrer weißen Schürze wirkt sie auf mich nicht wie ein Dienstmädchen. Ihre Anwesenheit scheint den ganzen Raum zu füllen; es scheint als wäre der Konferenzraum zu klein, als wäre nicht mehr genug Platz für acht Personen da. Ihre Ausstrahlung drückt auf die Wände, die Fenster, den Fußboden. Fast kann man sehen, wie ihr Geist einen kalten Boxkampf mit der Materie des Raumes kämpft. Der Gewinner steht ganz klar fest. Auf einmal ist es totenstill in dem Raum. Die Stille nach dem Sturm. Der Zeitpunkt, wenn an Silvester die letzten Raketen in die Luft geflogen sind, die letzten Kinder ins Bett gehen und alle frierenden Erwachsenen Wärme im Inneren der Häuser oder in ihrem Glas suchen. Das Mädchen scheint alle Möbelstücke und Mauersteine, jedes einzelne Atom in dem Raum zu beherrschen. Als wäre sie in der Lage, es fliegen oder sich gar auflösen zu lassen. Ich blicke mich um. Verwirrt stelle ich fest, dass die anderen das Mädchen gar nicht bemerken zu scheinen. „He", sagt sie. Die anderen reagieren nicht. „W-Wer bist du?", stottere ich. „Warum können die anderen dich nicht sehen?" Das Mädchen seufzt und kommt langsam auf mich zugelaufen. Zu meinem Erstaunen geht sie jedoch nicht um den Tisch herum, sondern gleitet mitten durch ihn hindurch. Ich weiche zurück. Ihr Kampf mit der Materie, den ich als eine Folge ihrer starken Aura sah, war echt. Sie hat die Materie besiegt, kann mit ihr anstellen, was sie will. „Bitte", sagt sie, „hab keine Angst vor mir. Ich will dir nichts Böses." Unwillkürlich weiche ich weiter zurück. „Wer bist du?", wiederhole ich meine Frage. Das Mädchen wirkt auf einmal traurig. Bedächtig nickt sie mit dem Kopf: „Ich kann verstehen, dass du Angst vor mir hast. Das brauchst du aber nicht. Ich bin hier, um dir zu helfen. Ich heiße Suria." In meinem Kopf rumort es. „Wie willst du mir helfen?", frage ich. Wieder nickt sie: „Du stellst schlaue Fragen. Ich kann dir erklären, was hier vor sich geht. Wie du ihnen", sie deutet auf die in ihren Bewegungen eingefrorenen Diskutierenden, „helfen kannst." – „Aber wieso soll ich ihnen helfen? Ich kenne sie seit gerade Mal einem halben Tag!" Suria geht hinüber zu Leo. Erst als sie direkt vor ihm steht, fängt sie wieder an zu sprechen: „Ihn kennst du doch auch erst einen halben Tag", sie guckt mich erwartungsvoll an, „willst du ihm nicht helfen?" Ich spüre den Twist in meiner Brust; soll ich ihnen helfen? Aber wie? „Kommt darauf an", antworte ich, „wie kann ich helfen?" Mein Herz fängt an, schneller zu schlagen, immer schneller. Je länger ich darüber nachdenke, desto klarer wird mir die Sache, doch einiges verstehe ich noch nicht. „Du hast einen guten Willen, Paula", Suria nickt. Mir schießt ein Gedanken durch meinen Kopf: Woher kennt sie meinen Namen? Als könnte sie hören, was ich denke, antwortet sie mir: „Ach, ich weiß so einiges. Das heißt aber noch lange nicht, dass du mir nicht vertrauen kannst. Ich lebe einfach schon viel zu lange hier in diesem Schloss", sie seufzt. „Aber mein Wissen hat auch eine gute Seite. Du willst wissen, wie du helfen kannst?", erwartungsvoll schaut sie mich an. Ich nicke stumpf, es ist, als wären meine Stimmbänder durchtrennt. „Nun ja", sie schlendert weiter durch den Raum, auf die verletzte Frau zu, „sie. Sie ist die Königin von Atlantis. Vor sechzehn Jahren wurde sie gekrönt. Mit ihrem Amtsantritt fing alles an. Damals starb ihre Schwester bei der Geburt ihres Kindes. Es war ein kleines Mädchen, eine kleine Prinzessin. Das Kind verschwand, keiner weiß wo es ist, bis heute nicht. Nur wenige kannten ihren Namen", sie schaut mir direkt in die Augen. „Sie hieß Paula." Ich muss schlucken. Unwillkürlich muss ich daran denken, wie der schwarze Mann mich genannt hatte: Prinzessin Paula. Ich sagte nichts. War ich im falschen Film? Spielte mir hier irgendwer nur einen Streich? Gab es Atlantis überhaupt? Oder hatte ich mich einfach nur an den Kacheln im Schwimmbad gestoßen und jetzt eine Gehirnerschütterung oder hatte ich vorhin zu lange in der Sonne gelegen und bekam auf einmal einen Sonnenstich? Das ganze hier war so unglaublich unwahrscheinlich. Und obwohl ich ahnte, dass Suria genau wusste, was ich dachte, fuhr sie einfach fort. „Nun, jedenfalls wurde der Vater der Kleinen nie ermittelt. Manche sagen,", sie geht zu Fi hinüber, „er ist es. Andere meinen, dass der Vater der Prinzessin einer der schwarzen Reiter ist. Um genauer zu sein, Fis Bruder." Seufzend geht sie durch den Tisch wieder auf mich zu. „Das war so eine tragische Geschichte; ich erinnere mich daran, wie die gute Königin mit beiden Männern gleichzeitig etwas hatte. Obwohl sie nur Fi liebte. Fi war ihre große Liebe, aber auch sein Bruder hatte sich in die Thronfolgerin von Atlantis verliebt. Er beherrschte die Kunst der Tränke schon immer; so verwandelte er sich in Fi, schlief mit dessen Frau. Als Fi sie erwischte, stach er mit einem Messer auf seinen Bruder ein. Seit diesem Zeitpunkt ist dieser ein schwarzer Reiter. Du musst wissen", sie nickt mir zu, „man wird ein schwarzer Reiter, wenn man von einer Person, die man geliebt hat oder die zu seiner

Familie gehört, verletzt wird. Körperlich oder seelisch. Fis Bruder war ein ganz besonders schwerer Fall. Er wurde auf beide Arten verletzt. Von seiner großen Liebe seelisch, von seinem Bruder physisch. Er war so ein guter Junge", wieder seufzt sie. „Jedenfalls soll Fis Bruder der erste schwarze Reiter sein. Ihr Anführer. Man munkelt, dass er das Mädchen entführt hat, doch das glaube ich nicht. Vor sechzehn Jahren stellte er eine Armee aus schwarzen Reitern auf. Die Angriffe fingen in der Nacht an, in der die Königin starb, ihre Schwester zur neuen Thronfolgerin ausgerufen wurde und die kleine Prinzessin verschwand. Viele Leute meinen, dass er weiß, dass das Mädchen seine Tochter ist, dass er mit den Angriffen anfing, um ganz Atlantis dafür zu bestrafen, dass sie seine Liebe haben sterben lassen und seine Tochter verloren haben." Sie schaut auf die Uhr, die über der Tür hängt. „Oh, schon so spät. Ich muss los. Naja", Suria wendet sich wieder an mich, „du kennst deinen Stammbaum, aber dieses Wissen haben nur wenige andere. Sprich mit niemanden darüber. Hörst du?" Ich nicke. Langsam durchquert sie den Raum. Bevor sie die Tür öffnet, dreht sie sich noch einmal um: „Wir sehen uns." Bevor ich etwas erwidern kann, wendet sie sich zur Tür, schnippst einmal mit dem Finger und ist verschwunden. In der gleichen Sekunde wachen die anderen Personen in dem Kon-ferenzraum wieder auf. „Alles in Ordnung?", Fi kommt in dem Lärm auf mich zu, „du bist ganz blass." Um mich aus der Er-starrung zu lösen, die von der Geschichte, die Suria mir erzählt hat, hinterlassen wurde, schüttle ich den Kopf: „Ja, alles gut", antworte ich knapp – meinem Onkel. Dem Bruder meines bösen Vaters. Genau wie das mysteriöse Mädchen es getan hatte, dreht er sich plötzlich zur Uhr. „Es ist schon spät", unterbricht er die hitzigen Diskussionen am Konferenztisch, die sofort wiederein-gesetzt hatten, „ich denke Leo und Paula sollten jetzt wirklich ins Bett gehen." Erst nachdem er diese Worte ausgesprochen hat, bemerke ich, wie müde ich eigentlich bin. „Ja, ich bin total erschöpft von alledem, was ich heute erlebt habe." Auch Leo gähnt. Fi wendet sich an ihn: „He, Leo, der Weg zur Schmiede deines Vaters ist weit. Schlaf doch heute hier. Der Palast ist groß, es gibt viele freie Gästezimmer." Der Junge in den roten Hosen reibt sich die Augen: „Ich würde ja gerne, aber mein Vater …" Fi unterbricht ihn: „Ich lasse eine Wache nach ihm sehen; jemanden, der ausgeschlafen genug ist, um den Weg zu laufen." Dankbar nickt Leo. In diesem Moment geht die Tür wieder auf. Innerlich wappne ich mich für einen erneuten Besuch von Suria. Doch es ist nur ein Diener, der von Fi angewiesen wird, Leo und mich in unsere Zimmer zu führen. Auf dem Weg durch die breiten Korridore wechseln wir kein Wort. Weder über den Angriff noch über seinen Vater oder die Konferenz. Wir sind zu müde. Als der Diener endlich die Tür meines Zimmers, direkt neben dem Gästezimmer, in dem Leo schläft, schließt, lasse ich mich erschöpft auf mein Bett fallen. Ich schaffe es gerade noch, die Schuhe von meinen Füßen zu streifen, bis die Müdigkeit mich besiegt und ich erschöpft einschlafe.

Mitten in der Nacht wache ich auf. Mit einem Mal sitze ich aufrecht im Bett. Wo bin ich? Wo ist mein Schreibtisch? Wo ist der große Wandschrank, der normalerweise in meinem Zimmer steht? Mit einem Mal fällt mir alles wieder ein: die Besprechung, der Angriff, Fis Bruder, mein angeblicher Vater. Meine Mutter, die gestorben ist. Langsam stehe ich auf. Meine nackten Füße hinterlassen unscheinbare Spuren auf dem kalten Boden aus Marmor. Mit all meiner Kraft stemme ich die massive Holztür auf. Verloren stehe ich in dem riesigen Flur mit seinem kalten Boden, der mit einer Bahn roten Teppichs ausgelegt ist, seinem riesigen Wandspiegel und den prächtigen Blumenvasen auf den verschnörkelten Beistelltischen, den Bildern längst vergessener Generationen oder Landschaften, seinen im Mondschein glitzernden Kronleuchtern, an denen zu dieser Tageszeit nicht eine Kerze brennt. Plötzlich komme ich mir so verloren vor. Wie konnte ich glauben, dass sich diese Situation auflösen würde? Zu meinem Unwohlsein kommt noch dazu, dass ich trotz der Breite der Flure auf einmal ein Gefühl von Beklommenheit und Bedrängnis verspüre. Verzweifelt haste ich zu einem der perlenen Fenster und versuche es aufzureißen. Wie ich es erwartet hatte, ist es verschlossen. Nach Luft ringend, werfe ich Blicke nach rechts und nach links. Und tatsächlich sehe ich jemanden um eine der Ecken biegen. Zu meiner Verwunderung ist es Suria, das Mädchen, das mir so viele Fragen im Kopf herumschwirren lassen hat und mir doch keine Antworten auf meine Fragen gab …

Verwirrt reiße ich die nächste Tür auf, die zu meinem Erstaunen noch massiver und schwerer ist als die Türen der anderen

Zimmer, die ich bis jetzt geöffnet habe. Um sie aufzustemmen muss ich mich mit meinem ganzen Gewicht in die Klinke fallen lassen und trotzdem öffnet sie sich nur ein ganz kleines Stück. Zum Glück gerade groß genug, damit ich mich hindurchquetschen kann. Wieder nehme ich all meine Kraft zusammen, um die Tür, während ich hindurchgehe, offen zu halten. „Wer ist so besessen darauf, dass keiner hier hereinkommt, dass er diese Tür aus so schwerem Material bauen lässt?", schnaufe ich. Schließlich stehe ich mit beiden Beinen auf der anderen Seite und lasse die Tür mit einem lauten Krachen ins Schloss fallen. Stolz atme ich einmal tief durch, bevor ich mich umdrehe und den Raum, der so gut bewacht ist – von einer einzigen Tür – erwartungsvoll betrachte. Wie sich herausstellt, hat mich die Tür in einen dunklen Gang geführt, der einem das Gefühl gibt, dass er statt Tapete Bücherregale an den Wänden hat. Tatsächlich ist trotz der gewaltigen Deckenhöhe, die ich schon im ganzen Palast beobachtet habe, wirklich jeder Zentimeter der Wand mit einem Buch ausgefüllt. Fast scheint es gar so, als würde die Wand nur aus Büchern bestehen. Langsam ziehe ich eines der Bücher aus dem Regal. Es ist ein alter Schmöker mit Gedichten von Johann Wolfgang von Goethe. Das Papier ist dünn und leicht vergilbt, was das Umblättern sichtlich erschwert, da man mit nur einer zu heftigen Bewegung das ganze Buch auseinanderreißen könnte. Behutsam stelle ich es schließlich wieder zurück. Langsam laufe ich weiter durch den Gang, der höchstens sechs Meter lang ist, bis ich zuletzt vor einer weiteren Holztür stehe, die mindestens genauso schwer ist, wie die, die ich gerade schon aufgestemmt hatte. Doch selbst wenn meine Arme schon schmerzen, treibt meine Neugier mich an. Wo bin ich? Warum sind diese Türen so schwer? Die Fragen kreisen in meinem Kopf und lassen mich die Anstrengung, in der ich mich befinde, um die Tür zu öffnen, ganz schnell vergessen. Wie zuvor zwänge ich mich knapp durch den Spalt der Tür, den ich gerade so mit meiner Kraft aufhalten kann. Mit einem immensen Krachen fällt auch die zweite schwere Pforte, die ich in dieser Nacht öffne, ins Schloss. „Paula?" Wie von der Tarantel gestochen, fahre ich herum. Hinter mir steht Leo. Mein Herz, das vor Schreck fast stehen geblieben ist, beruhigt sich langsam wieder. „Leo? Hast du mich aber erschreckt!", es ist mehr ein Vorwurf als eine Feststellung. „Was

machst du hier?" – „Das gleiche könnte ich dich fragen", Leo
nickt auffordernd, „außerdem würde ich gerne wissen, wie du
hier hereingekommen bist!" Diesmal scheint es so, als würde er
mir einen Vorwurf machen. Ungläubig drehe ich mich um und
will auf die schweren Türen zeigen, die ich mit so viel Kraft hatte
aufstemmen müssen – doch die Türen sind weg, an der Stelle, an
der ich gerade noch mit dem ganzen Gewicht gekämpft hatte, ist
nichts mehr. Die Tür hat sich in Luft aufgelöst. Mit einem großen
Schritt stehe ich direkt vor der Wand, die nun nicht mehr einen
Durchgang, sondern nur noch eines der massigen Bücherregale
beherbergt, wie ich sie auch schon in dem schmalen Flur gesehen
hatte. Verwirrt drehe ich mich wieder zu Leo um, der noch immer
an Ort und Stelle steht und ungeduldig mit einem Fuß wippt. „Da
war eine Tür! Ich schwöre! Sie war genau hier, an der Stelle, an
der jetzt das Bücherregal hier steht und jetzt…", wild gestikulie-
rend zeige ich auf die Stelle, doch Leo lässt mich nicht ausreden.
„Genau. Wieso gibst du nicht einfach zu, dass du durch mein
Schlafzimmer hier hereingekommen bist? Warum musst du dich
da so herausreden?" – „Dein Schlafzimmer? Nein, wo ist das
überhaupt? Ich bin durch den Gang geirrt; nachdem ich Suria
gesehen hatte, war ich ganz verzweifelt und hab einfach alle
möglichen Türen aufgerissen. Eine hat mich in einen Gang voll
mit Büchern, ähnlich wie diesen hier, geführt. Am Ende dieses
Ganges war dann wieder eine Tür und jetzt bin ich hier."
Verständnislos blicke ich in Leos feines Gesicht. Wieso ist er
plötzlich so wütend auf mich? Und wo ist die Tür hin? Es muss
eine Geheimtür geben – flink und ohne seine Antwort
abzuwarten, drehe ich mich wieder der Bücherfassade zu.
Systematisch lese ich die Titel der Bücher: *Horoldos Abenteuer-
reisen, Die Erfindungen des Leopold de Winz* und *Die Sterne
über Babylon*. Alles Bücher, von denen ich noch nie etwas gehört
hatte und die mir nicht zu dem Werk von Goethe zu passen
scheinen, das ich im Flur entdeckt hatte. Wollte jemand die
Bücher von Goethe dort verstecken? War die Tür so schwer
gewesen, weil ich statt einer einfachen Holztür ein ganzes
Bücherregal zur Seite geschoben hatte? Noch während ich die
Titel der Bücher nach einem Hinweis absuche, tippt Leo mich
von hinten an: „Äh, Paula? Was machst du da? Dieser Raum
gehört zu den ehemaligen Gemächern des Vaters der Königin; du

weißt schon, die, die gestorben ist bei der Geburt von ihrem Kind. Hast du die Geschichte gehört? Ich kann …" – „Nein", falle ich ihm ins Wort, „ich kenne die Geschichte, aber was hast du in den Gemächern des ehemaligen Königs zu suchen?" – „Ich weiß ja nicht, was du alles schon über dieses Schloss und unsere Stadt in Erfahrung gebracht hast, aber die Gemächer wurden umfunktioniert, weil sie nicht mehr gebraucht wurden. Sie befinden sich direkt neben deinen." In meinem Kopf rattert es, ich habe in den letzten Tagen eindeutig zu viel erlebt. „Hoffnungslos", ich lasse die Arme sinken und drehe mich von dem Bücherregal weg, das ich weiterhin nach Anhaltspunkten für eine Geheimtür untersucht hatte und lasse mich in einen mir nahestehenden Sessel fallen. „Was, wie bitte?", fragt mich Leo. „Was ist hoffnungslos?" Obwohl ich das eigentlich gar nicht will, fange ich an, ihm meine ganze Geschichte zu erzählen. Angefangen bei der Sache mit den Zeitreisen über meine Erlebnisse mit dem schwarzen Reiter, den Fischen und Suria. Erst als ich geendet habe, lässt sich auch der Junge mit den strahlend grünen Augen und den roten Schlafanzughosen auf einen der Sessel sinken: „Und so ist das wirklich alles passiert?" Obwohl es auch mir schwer vorkommt, diese ganzen Dinge zu glauben, wenn man sie nicht erlebt hat, nicke ich bestätigend. Nach einer langen Pause, in der wir beide betroffen auf den Boden starren, räuspert sich Leo: „Nun kenne ich deine Geschichte und ich will dir helfen, zurück in deine Zeit zu kommen, wenn auch du mir hilfst, mich und unsere Stadt zu retten. Aber dazu musst du meine Geschichte kennen." Und auch Leo, der Held, dessen Statue auf dem Marktplatz steht, beginnt mir eine Geschichte zu erzählen, die ich an manchen Punkten nicht ganz glauben kann. Er erzählt von seinem Vater, der ein traditioneller Goldschmied war, sehr gefragt in der Stadt, und wie eines Tages die schwarzen Reiter über das Viertel, in dem Leo mit seinen Eltern wohnte, herfielen und viele Familien ausplünderten. Obwohl er es zu unterdrücken versucht, kann ich eine leise Träne in seinem Augenwinkel sehen, als er mir davon erzählt, wie die Reiter seine Mutter mitnehmen wollen und sein Vater dabei schwer verwundet wird und die Reiter ihn zusehen lassen, wie seine Mutter für die Narrheit seines Vaters, der es wagte, sich den Reitern in den Weg zu stellen, mit dem Leben bezahlt. Ich höre, wie Leo schon damals, als er gerade mal zehn Jahre alt war, angefangen hat, sich um seinen Vater zu kümmern, der sich die Schuld an dem Tod seiner Frau gibt und diesen bis heute noch nicht überwunden hat. Als Leo anfängt, mir zu erklären, dass sein Vater mit einer bestimmten Waffe der schwarzen Reiter verletzt worden ist und diese Waffe schwere Wunden hinterlässt, die nur mit der Medizin der Reiter geheilt werden kann, bin ich noch mehr als vorher gewillt, Leo zu helfen und ihm den Zugang zu den lebenswichtigen Medikamenten für seinen Vater zu ermöglichen. An dieser Nacht sitzen wir noch lange in der Bibliothek meines Großvaters und reden, ich erzähle ihm von meiner Welt, er mir davon, wie Atlantis aussah, bevor die Reiter kamen und es zerstörten.

Am nächsten Morgen wache ich von einem lauten Trommeln gegen meine Tür auf. Verschlafen stehe ich auf, taumle zur Tür und öffne sie. Vor mir steht Fi: „Prinzessin! Du bist ja noch nicht mal angezogen, schnell, wirf dir etwas über und komm mit." Bedeppert gucke ich ihn an. Er hat mich zuvor noch nie „Prinzessin" genannt. Warum sollte er auch? Er wusste nicht von meiner Identität. Aus dem Augenwinkel sehe ich den Morgenmantel, der über der Bettkante hängt, und greife danach. In einer geschmeidigen Bewegung streife ich mir die Seide über und schließe die Tür. Fi nickt anerkennend und wendet sich zum Gehen. Ich folge ihm die langen Gänge entlang, bis wir schließlich wieder in dem Konferenzraum stehen, in dem schon gestern die Besprechung stattgefunden hatte. Auch alle anderen Menschen sind schon, wie gestern, da – doch dieses Mal schauen mich alle erwartungsvoll an. Sie mustern mich. In meinem Kopf spielen sich tausend Möglichkeiten durch: Wurde Atlantis angegriffen? Haben sie bemerkt, dass ich nicht aus ihrer Zeit stamme? Verurteilen sie mich, weil ich gestern durch die Gänge gestreift bin? Denken sie, ich mache gemeinsame Sache mit den schwarzen Reitern? Mit großen Augen blicke ich in die Runde; wortlos reicht mir der Mann im schwarzen Frack ein Blatt Papier, darauf steht geschrieben: *Atlantis war lange Zeit unter Besitz der Perlen. Nun soll es in den Besitz der schwarzen Reiter übergehen.* Ich schnappe nach Luft. Darum geht es; die schwarzen Reiter, wollen sie die Stadt angreifen? *Wir wissen, dass eure Prinzessin die Tochter unseres Anführers und der ehemaligen Königin ist. Gebt sie bis morgen nach Sonnenuntergang frei und wir wollen weiterziehen und eure Stadt vergessen. Das Gegenteil wollt ihr nicht erleben. Gezeichnet – die schwarzen Reiter.* Erschüttert lasse ich den Brief sinken. Nun ist es also so weit gekommen. Meine Identität, von der ich mir nicht mal sicher bin, ob sie überhaupt stimmt, wird benutzt. Wie banal; als ob ich wichtiger, besser oder schöner würde, nur weil ich plötzlich die Tochter der Königin bin. Mir kommt das ganze hier einfach nur gestellt vor; so wie in einem falschen Film. „Was ist passiert?", stottere ich. „Gestern Nacht haben meine Wachen einen schwarzen Reiter an der Grenze von Atlantis festgenommen. Er hat uns diesen Brief gegeben", mit seinem Kinn deutet der General auf das Stück Papier in meiner Hand, „zur Zeit befindet er sich in einer der Gefängniszellen, die tief unten in den Kerkern des Schlosses ist." Einen nach dem anderen gucke ich die Personen im Raum an. Die Königin sitzt, wie auch schon am Vortag, auf dem Stuhl am Ende der Tafel, ihr gesunder Arm stützt den Arm, den sie sich beim Angriff verletzt hat. Ihr Kopf scheint mit jedem Satz des Generals schwerer zu werden, was ich durch die abwechselnden Griffe ihres gesunden Arms zu dem anderen Arm und ihrem Nacken bemerke. Doktor Mays ist der nächste in der Runde, der anscheinend die Verschlechterung des Gesundheitszustandes der Königin, ebenso wie ich, auch erkannt hat. Obwohl auch Fi immer wieder besorgte Blicke auf das Staatsoberhaupt wirft, scheint sein Augenmerk doch eher auf dem in Folie eingeschlagenen Brief in meiner Hand zu liegen, von welchem er geradezu gefesselt zu sein scheint. Ob er sich wohl überlegt, ob es seine Schuld ist? Ob er denkt, dass, wenn er nicht damals seinen Bruder angegriffen hätte, wenn er niemals mit meiner „Mutter" zusammengekommen wäre, wenn er den Anführer der schwarzen Reiter nicht zu einem von ihnen gemacht hätte, wenn er ihn nicht provoziert hätte, dass dann alles gut wäre; ich hier mit ihm und der Königin in diesem Schloss von Anfang an Barbie gespielt hätte? Langsam gehe ich auf ihn zu, überrascht hebt er den Kopf und öffnet die Lippen, wie um etwas zu sagen. Kopfschüttelnd lege ich ihm meine Hand auf die Schulter: Du musst dich nicht rechtfertigen, das ist nicht deine Schuld, genauso hätte ich das ganze durch ein bisschen Vorsicht verhindern können, will ich ihm sagen, ihn trösten, doch auch aus meinem Mund kommt kein Wort. Mehrmals versuche ich einen Laut aus meinem geöffneten

Mund heraus zu bringen; schaffe es nicht. Frustriert lasse ich meine Hand von seiner Schulter gleiten, bewege die andere zum Tisch, um den, sich immer noch in meiner Hand befindenden, Brief darauf gleiten zu lassen. Ich gucke zu dem General, der meine Bewegung gar nicht bemerkt zu haben scheint, ganz in eine Karte vertieft, zwischendurch sich immer wiederholende Worte, Buchstaben und Ziffern in seinen Schnauzer nuschelnd. Neugierig wende ich meinen Blick zu dem langen, schlaksigen Mann, schrecke zurück, weil er mich ganz unverhohlen anblickt, direkt in die Augen. Ein Schaudern erfasst mich. Unwillkürlich denke ich an das, was ich zuerst über ihn gedacht hatte: ein Blutegel, der meine Seele saugt und sehe betroffen auf den Boden direkt vor meinen Schuhen, bis ich schließlich den Kopf wieder hebe und Leo angucke. Auch er betrachtet mich, doch mehr mit warmen Augen, eher sorgend als aussaugend. Sofort fühle ich mich besser. Als er bemerkt, dass ich zu ihm sehe, lächelt er kurz, wendet sich dann aber ab, blickt wie erwischt aus dem Fenster. Gerade als ich wieder zu ihm hinüber gehen will, schreit der General auf: „Aha! Hab ich dich doch gefunden!", triumphierend sieht er von seiner Karte auf in unsere sichtlich verständnislosen Gesichter. „Ich hab das Lager gefunden." Obwohl sich der Nebel in meinem Kopf langsam lichtet, wirbeln doch noch sehr viele Fragezeichen in diesem herum: Das Lager? Das der schwarzen Reiter? Nachdem seine Zuhörer augenscheinlich immer noch nicht verstehen, führt er seine Geschichte weiter aus: „Nun, als meine Männer", er deutet auf den langen Mann, womit sich meine Vermutung, dieser würde zu seinem Stab gehören, bestätigt, „nun eben als die Männer den schwarzen Reiter festgenommen haben, berichteten sie mir, er habe erst geschrien. Wie am Spieß, ganz durchdringend, solange, bis sie ihm den Brief abgenommen hatten. Danach murmelte er nur noch so kurze undeutliche Worte. Erst jetzt habe ich verstanden, dass dies Koordinaten waren, die direkt zu einer Schlucht führen. Und seit ein paar Monaten, seitdem wir ein paar schwarze Reiter verfolgt hatten, erkannten wir, dass sie immer an dieser Schlucht wie vom Erdboden verschluckt wurden. Zuerst dachten wir, dass dort etwas nicht mit rechten Dingen zugehen kann, aber nun ergibt es Sinn. Natürlich werden sie vom Erdboden verschluckt: Das Lager ist in dieser Schlucht." Sichtlich zufrieden mit sich selber deutet

er auf einen Punkt auf der Karte, die er zu Beginn seiner Erzählung neben den Brief auf den Tisch gelegt hatte.
Der Rest der sogenannten Krisensitzung verlief und endete
ähnlich wie die erste. Mit scheinbar ebenso aussichtslosen Enden,
wie die Geschichten und Theorien, die zu den Plänen entworfen
wurden, endlos und eben bloße Spekulation waren. Nach fast drei
Stunden klopfte es an der Tür, innerlich hatte ich ein Déjà-vu, wie
gestern Suria durch die Tür getreten war. Ich wappnete mich
gegen einen weiteren Anfall von Selbstzweifel und Verwirrung,
doch zu meiner Erleichterung kam kein Mädchen mit braunen
Haaren herein, sondern ein klein gewachsener Mann in einer
Rüstung, die noch heller schimmerte, als die Statue von Leo auf
dem Marktplatz, die ich zuvor gesehen hatte. „Sir, ich muss sie
bitten, mitzukommen. Es ist etwas mit dem Gefangenen passiert",
ruft er mit einer monoton gehobenen Stimme, nachdem er die
Hacken zusammengeschlagen hat und wie ein Stock dasteht. Wie
von einer unsichtbaren Nadel gestochen springen die Königin,
der Doktor, der anscheinend befürchtete, dass sich der Gesundheitszustand des schwarzen Reiters verschlechtert hat, Fi, der
General und sogar der lange Mann, der wie immer fleißig in sein
Notizheft geschrieben hatte, auf. „Gut. Wir kommen. Warten Sie
draußen!", befiehlt General Bunkenmaus mit einem Nicken in die
Runde. Auch der kleine Mann nickt und schließt wie ein Diener
mit einer Verbeugung die Tür. In dem Moment, indem die Tür ins
Schloss fällt, fangen alle an, wie wild durcheinanderzureden. Es
ist ein einziges Stimmengewirr, in dem ich nicht mal meine
eigenen Worte verstehen kann, auch wenn nur ich selbst sie verstehen müsste. Erschrocken von der Nachricht, die der Mann
gebracht hat, versuche ich eine Idee zu finden, die das Problem
mit den Schattenreitern, meine Verwirrung und meinen Unwillen,
eine Prinzessin zu sein, dessen Offensichtlichkeit mir plötzlich
wie Schuppen von den Augen fällt, klärt und zusätzlich vielleicht
sogar die Krankheit von Leos Vater heilt. Die Stimmen sterben
abrupt ab, als die Königin mit ihrem Glas auf den Tisch schlägt,
das in tausend Splitter zerspringt. Auf einmal scheint alles in
Zeitlupe zu laufen. Unglaublich langsam fliegen die Teile durch
den Raum. Genau in diesem Moment bricht die Morgensonne
durch die perlenen Fenster, sie flutet das ganze Zimmer mit Licht,
sucht sich ihren Weg, kriecht unter dem Tisch durch, schlängelt

sich wie eine goldene Schlange um die Beine der Anwesenden und spiegelt sich in jedem einzelnen Glassplitter, lässt durch die Wasserperlen, die noch an den Resten des Glases kleben, hinter jedem einzelnen Bruchstück einen Regenbogen entstehen. Ich drehe mich langsam zurück zum Fenster und zu meinem Erstaunen sehe ich Suria. Sie dreht mir den Rücken zu, blickt aus dem Fenster; wieder bin ich von ihrer Ausstrahlung gefesselt. Verwirrt sehe ich zur Tür: „Moment, wie bist du hier hergekommen? Kannst du dich unsichtbar machen? Dich teleportieren?" – „Ich kann entscheiden, wer mich sieht und wer nicht. Ich bin gekommen, als ich für dich unsichtbar war." Ihre Antwort verwirrt mich. Wer hatte es nötig, dass er von ihr Hilfe braucht? Fi? Die Königin? Oder Leo? War er nicht am wahrscheinlichsten? Er hatte einen todkranken Vater bei sich zu Hause. Würde ich da nicht auch Hilfe brauchen? Obwohl mir klar ist, dass seine Not vollkommen gerechtfertigt ist, erkannte ich, was er alles tun könnte: bei ihm zu Hause sein. Reagierte ich über? War es nicht nur verständlich, dass er statt alle herkömmlichen Methoden vergeblich zu versuchen, nach einer Methode suchte, die seinen Vater wirklich heilte? In mir steigt Wut auf. Wieso? Wieso sind alle so nackt gegenüber den schwarzen Reitern? Plötzlich huschte eine Idee durch meinen Kopf. Mit leuchtenden Augen drehe ich meinen Kopf zu Suria. Doch sie ist nicht mehr da. Die Ecke ist leer. Ohne jede Spur einer solch gewaltigen Persönlichkeit. „Paula?", Leo guckt mich direkt an. In seinen Augen sehe ich, dass auch er weiß, wen ich gerade gesucht hatte. „Paula, würdest du das machen?", auch Fi sieht mir in die Augen. „Was machen?", meine Verwirrung ist wohl größer als der Raum. Mein Blick wandert zu dem General, der mich mit einem mordlustigen Funkeln in den Augen ansieht: „Ich weiß, dass Sie eine Prinzessin sind, aber das gibt Ihnen noch lange nicht das Recht, einfach abzuschalten. Ehrlich gesagt, habe ich wirklich keine Ahnung, wie Sie sich das Leben als Prinzessin vorstellen. Allerdings habe ich eine Vorstellung davon, was Sie alles für Ihr Land und Ihre Stadt tun könnten. Zuallererst also mal zuhören!" Seine Wut lässt auf die Dringlichkeit der Sache schließen und haucht mir zum einen Respekt, zum anderen Angst ein. Wozu ist dieser Mann fähig, wenn er nicht seinen Willen bekommt? Ich schlucke, nicke. „Wenn ich dann erklären dürfte", offenbar ebenso eingeschüchtert von dem wütenden General wie ich, tritt der schlaksige Mann vor, aus dem Augenwinkel sehe ich, wie der General kurz nickt. Anscheinend reicht dem Protokollführer dies und er fährt fort: „Nun, verehrte Prinzessin, Sie sollen sich an das Stadttor stellen und dort die schwarzen Ritter rufen." Empört blicke ich ihn an: „Ich soll also den Köder spielen?" Meine Wut steigert sich. Leo scheint das Aufblitzen meiner Augen bemerkt zu haben und versucht mich zu beruhigen: „Sie haben gesagt, dir könne nichts passieren. Wenn alles nach Plan läuft, bekommen die Reiter dich nicht mal zu Gesicht." Trotz seiner weichen Stimme bemerke ich doch den bissigen Unterton, mit dem er spricht; der mir verrät, dass er seinen eigenen Worten nicht ganz traut.

In seinem typisch weißen Ton scheint der Mond durch mein Fenster auf den hölzernen Boden des kleiner Raumes, in dem mein Bett steht. Der Plan ist klar, alle sind einverstanden. Mehr oder weniger. Weder Fi noch Leo haben sich nach der erneuten Erläuterung des Plans noch einmal zu Wort gemeldet. Und meine Versuche, den Hinterhalt aufzuhalten, sind wie kleine, kaum eine Hand große Basketbälle an einer Wand abgeprallt; keiner hat sich von mir umstimmen lassen. Nachdenklich recke ich mich auf dem Boden, als es plötzlich an der Tür klopft. Die Wut von heute Nachmittag kommt wieder, sie schleicht sich wie eine Schlage meinen Rücken nach oben und bringt mich fast zum Schreien. Erst nachdem es erneut geklopft hat und ich tief eingeatmet hatte, stehe ich schließlich auf und laufe zur Tür. Wie sich herausstellt, haben meine Bemühungen, mich zu beruhigen, nichts gebracht. Meine ganze Wut ist wieder da, als ich die Tür aufreiße: „Kann ich nicht einmal in der Nacht meine Ruhe haben? Oder ist der Gefangene etwa geflüchtet?" Ich stocke, vor mir steht Leo. „Psst! Du weckst noch alle auf!" Wortlos guckt er hinter sich, nimmt meinen Arm und schiebt mich wieder in mein Zimmer. Noch bevor ich etwas sagen kann, fängt er an zu reden: „Pass auf. Ich weiß, du bist wütend," tief durchatmend versuche ich erneut mein Temperament zu drosseln und eine sarkastische Bemerkung über seinen Scharfsinn wegzulassen, „ich sehe das in deinen Augen. Aber bitte hör mir zu. Ich habe auch einen Plan, einen besseren. Einen, der dich zwar nicht weniger in Gefahr bringt, dir allerdings besser gefallen sollte." Ich nicke, nur die Möglichkeit, dass ich nicht wie ein dummes Ding einen Köder spielen muss, lässt mich aufatmen. Hastig trete ich zur Tür, öffne sie, ohne dass sie auch nur einen Ton von sich gibt, und schaue den Gang entlang. Bis auf mein Spiegelbild, das ich in den großen Schmuckspiegeln und Bilderrahmen den Flur hinunter erblicke, ist keine Menschenseele zu sehen. Kurz nicke ich, schließe die Tür anschließend wieder und drehe mich zu Leo: „Wir sollten sicher sein. Erzähl!" Leo hebt die Hand zu meiner Schulter und legt sie ab: „Pass auf. Du wirst morgen früh, wie wir es mit der Königin besprochen haben, auf deinen Posten gehen und versuchen, dich so normal wie möglich zu benehmen. Den Köder musst du wohl oder übel kurze Zeit spielen. Zwischen 10:00 Uhr und 10:10 Uhr wechseln die versteckten Wachen. Etwas, das zwar die schwarzen Reiter nicht wissen, wir aber schon. In dieser Zeit komme ich aus meinem Versteck und du läufst geradeaus Richtung Korallenwald. Links neben der Tafel für Wanderer findest du einen geheimen Pfad. Dort verschwinden die Ritter, wenn sie sich auf die Suche nach dem Lager der Feinde begeben. Dort treffen wir uns. Nur vierhundert Meter hinter der ersten Weggabelung liegen die Koordinaten, ab welchen wir es bisher nicht geschafft haben, die Reiter weiter zu verfolgen. Und hier kommt die Gefahr ins Spiel. Wir werden laut rufen müssen, um ihre Aufmerksamkeit zu erregen. Das Problem ist nur, dass, wenn wir zu laut sind, die Wachen – die vermutlich anfangen werden, nach dir zu suchen – uns hören werden. Allerdings ist das unsere einzige Chance, von ihnen in ihr Lager verschleppt zu werden. Ich hoffe einfach, dass nicht nur Atlantis, sondern auch die Schwarzen Wachen aufgestellt haben, die uns möglichst schnell finden. Im Lager, wenn wir denn so weit kommen, werde ich etwas sagen, dass dir nicht gefallen wird. Ich werde es hier noch nicht tun, aber ich will, dass du weißt, dass ich nur schauspielere; ich meine diese Worte nicht ernst. Das sollen nur die Reiter denken. Bitte tu du es nicht!" Obwohl ich am Anfang skeptisch bin, als er mir erzählt, wie er vorhat, die Wachen und die Reiter zu täuschen, stimme ich seinem waghalsigem Plan schließlich zu: „Gut, gut." Ich nicke; nicht um ihm meine Zustimmung zu zeigen, sondern um mein Selbstvertrauen – und noch wichtiger, mein Vertrauen in Leo – zu stärken. Er erwidert mein Nicken.

Am nächsten Morgen stehe ich früher auf, als ich müsste. Statt des Mondes strahlt nun die Sonne mit all ihrer Kraft durch die

Fenster aus Meeresperlen, die sich über die ganze Wand erstrecken. Mein Blick wandert zu der Stelle, an der Leo und ich gestern Nacht gestanden und unseren Plan besprochen hatten, seine Hand auf meiner Schulter, die Zuversicht in meiner Stimme. Schon allein die Erinnerung daran weckt Mut und Vertrauen in mir; lässt mich an unser Vorhaben glauben, an das Lager der Schwarzen und den Wachwechsel der Soldaten. Lange stehe ich einfach nur da und betrachte die Stadt, ihre Türme, Brücken, Kirchen und Häuser; mustere jeden Mann und jede Frau, die den Platz unter mir passiert. Sie wissen nicht, was heute geschehen wird; wissen nicht, dass ich mich heute gewissermaßen ausliefern werde. Für sie, obwohl ich sie doch gar nicht kenne, haben sie etwas an sich, dass meinen Mutterinstinkt, meinen Beschützerinstinkt und mein soziales Denken weckt. Was es wohl ist? Ihr liebevoller Umgang miteinander? Ihr geschmackvoller Kleidungsstil? Oder doch nur der Blick, mit dem sie mich angeguckt haben, auf dem Marktplatz? Als sei ich ihre Prinzessin. Bin ich das denn? Wie können sie solche Gefühle für mich empfinden, wenn sie mich nicht einmal erkennen? Vermutlich ist es ihr blindes Vertrauen, ihr Mut, anderen Menschen die Entscheidungen zu überlassen, der mich erweckt und inspiriert. Erschrocken fahre ich aus meinen Tagträumen, als es an der Tür klopft. Mich überkommt ein Déjà-vu von letzter Nacht. Doch dieses Klopfen ist stärker, aufdringlicher, formeller. Hastig streife ich mir meine Kleidung über den Kopf und laufe zur Tür. Ohne jede Vorsicht reiße ich sie mit einem lauten Knarzen auf. Vor mir steht ein langer, knorriger Mann in einer Uniform, der mir – ohne auch nur ein Wort zu sagen – mit einer Handbewegung klarmacht, dass ich ihm folgen soll, dass es Zeit für mich ist, auf meinen Posten zu gehen. Schon kurz nachdem auf die Straße trete, bemerke ich die Stille, von der die ganze Stadt durchzogen wird. Fragend blicke ich zu meinem stummen Begleiter auf. „Straßensperre – als Sicherheit vor den Reitern", murmelt er. Ruhig blicke ich mich um, tatsächlich sehe ich am Ende der breiten Handelsstraße einen kleiner Mann vor einer neben ihm riesig aussehenden Straßensperre. Wie auch in der Gegenwart glänzt das Weiß der rot-weißen Streifen im Licht der blendenden Sonne. Kaum wende ich mich ab, sehe ich eine rote Hose hinter einem der Fässer verschwinden. Ich schmunzle. Da mich der

General noch nicht persönlich angesprochen hat, was er bestimmt tun würde, würde er einen Hinterhalt riechen, scheint alles nach Plan zu verlaufen. Mit der Hand an der Stirn drehe ich meinen Kopf zu der großen Kirchturmuhr, die über der Stadt prangt. 9:00 Uhr. Nur noch eine Stunde, bis der Plan richtig ins Laufen kommt. Ich folge dem Soldaten durch die Stadt, ohne ihre Schönheit auch nur in einem weiteren Detail wahrzunehmen. Viel zu sehr bin ich mit der Idee an einen möglichen Fehler in unserem Plan beschäftigt. Was ist, wenn die Wachen sich nicht abwechseln, weil alle dabei sein möchten? Oder wenn die Soldaten der Königin uns vor den schwarzen Reitern im Wald finden? Und obwohl all diese Möglichkeiten mich beunruhigen, habe ich doch am meisten Angst vor den Worten, die mir Leo gestern Abend im Turm nicht verraten wollte. Was kann so schlimm sein, mich betreffen und die schwarzen Reiter friedlich stimmen? Betroffen und nachdenklich blicke ich zu Boden und sehe erst wieder auf, als wir das mächtige Stadttor erreichen. Wie der Plan des Generals es vorsieht, gehe ich ab hier allein. Mit einem Nicken passiere ich die Stube des wachhabenden Soldaten und trete in das gleißendere Sonnenlicht vor der Stadt. Der Spiegelung des Korallenwaldes in den größten Türmen der Stadt blendet mich. Nur mit Mühe kann ich meine Augen so abschirmen, dass ich freien Blick auf die Turmuhr am größten und höchsten Turm der Stadt habe. 9:20 Uhr. Ich hätte nicht gedacht, dass der Weg vom Palast bis hierher so lang wäre. In meiner Erinnerung gehe ich zurück an den Tag, an dem ich das letzte Mal in der Zeit gereist bin. Den Tag, an dem ich hier angekommen bin, die glänzende Stadt unter Wasser das erste Mal gesehen habe. Es war, als durchlebte ich jede Sekunde der letzten paar Tage noch einmal. Die guten: Leo in der Bibliothek, Suria, die Königin, aber auch die schlechten: den Angriff auf Leo und die Königin, den Plan des Generals und nicht weniger dramatisch, ja eigentlich das schlimmste, die schwarzen Reiter. Aus meinen Tagträumen werde ich erst gerissen als die Kirchturmglocke zehn Mal läutet. Benommen gucke ich zu dem Posten der Soldaten, die der General eher notdürftig verkleidet und versteckt hat. Mein Blick schweift weiter zu dem Teil der Mauer, an dem Leo sich verborgen hat und ich lächle. „Es scheint alles nach Plan zu laufen", teilen mir die stummen Bewegungen seiner Lippen mit.

Wieder wende ich meinen Blick ab und richte ihn auf den Ausgang des Waldes. Nun steht wohl die riskanteste Seite unseres Plans an. Leo muss meinen Entführer spielen. Der General ist kein dummer Mann, das bedeutet, dass er entweder denken wird, dass Leo der Maulwurf ist und die vertraulichen Informationen über Atlantis preisgegeben hat oder, dass Leo ziemlich dumm ist und den denkbar ungünstigsten Moment für eine Entführung ausgesucht hat, um an das Heilmittel für seinen Vater zu kommen. Unauffällig drehe ich meinen Kopf wieder in die Richtung, in der Leo sitzt, und deute ein Kopfnicken an. Trotz der Angst, die ich in seinen Augen aufblitzen sehe, registriere ich, wie sich seine Lungen mit Luft füllen, als er nach dem Bogen auf seinem Rücken greift. „Ah!", der erste seiner kohlrabenschwarzen Pfeile saust durch die Luft und trifft eine der Wachen am Oberarm. Zwar hat Leo mir versichert, dass er aufpassen und die Wachen nur verwunden und nicht töten wird, doch kann ich das innerliche Aufatmen bei jedem passenden Treffer nicht vermeiden. Nun bin ich dran. Noch während die Wachen um mich herum wie Hühner von der Stange fallen, renne ich los zu dem kleinen Pfad, der mich in das geschützte Dickicht führt. Eine sinnvolle Handlung. Sollten wir es nicht schaffen und geschnappt werden, könnte ich mich damit rechtfertigen, auf dem Feld ungeschützt gewesen zu sein und aus Angst in den Wald gerannt zu sein. Die erste breitere Koralle unfern des Weges gibt mir jenen Schutz, den ich, hätte Leo es auf mich abgesehen, gebraucht hätte. Obwohl ich augenscheinlich vor den meisten Gefahren geschützt bin, halte ich die Luft an. Aus Angst um Leo, aus Angst vor den wütenden Soldaten und ihrem noch wütenderem General, den ich auf der Mauer von Atlantis hinter Leo her schreien höre und nicht zuletzt, aus Angst vor den schwarzen Reitern, die den Wald besser kennen, als jeder andere und die sich ohne Probleme an mich heranschleichen, mich entführen und damit unseren gesamten Plan ruinieren könnten. Erst als eine, zwei Sekunden nach dem letzten Schmerzensschrei vergangen sind, ich nur noch die entsetzten, verfluchenden Ausrufe des Generals hören kann und das Surren der Pfeile durch die Luft nicht mehr vernehme, gestatte ich mir zu atmen und einen Blick auf den Pfad zu werfen. Erschrocken zucke ich zusammen, als ich das Knacken von Ästen höre und einen dunklen Schatten vor meinen Füßen sehe. „Da bist du ja!", die Stimme ist mir bekannt, sie gehört Leo. Meinen angeblichen Entführer innerlich verfluchend drehe ich mich um und haue ihm gegen die Schulter: „Wehe, du tust das nochmal, tot hättest du mich nicht den schwarzen Reitern ausliefern können." Lächelnd verdreht er die Augen: „Dann hätte ich wohl mit einer Trompete hinter dir stehen müssen, was die Aufmerksamkeit aller auf uns gelenkt hätte, ebenso wie unsere Stimmen." Er hält mir seine Hand hin und hilft mir beim Aufstehen. „Lass uns weiter gehen, der Weg ist noch lang." Ohne ein weiteres Wort zu wechseln, laufen wir nebeneinander her durch die massiven Korallen. Auf Grund des Planes des Generals und unseres Planes, den General auf nichts aufmerksam zu machen, trage ich noch immer eines der bodenlangen Prinzessinnenkleider und die unbequemen Ballerinas, die leider ebenfalls zum Stand der Prinzessin gehören. Mit jedem Schritt tun mir die Beine und Füße mehr weh. Irgendwann halte ich es nicht mehr aus. Ich lege meine Hand auf Leos Schulter und bedeute ihm wortlos, stehen zu bleiben und mir sein Taschenmesser auszuhändigen. Mit gerunzelter Stirn, aber ohne zu fragen, zieht er das Messer aus seiner Tasche und drückt es mir in die Hand. Mit einem schnappenden Geräusch klappt es auf. Beim Anblick des Messers erinnere ich mich schlagartig an meine erste Begegnung mit meinem Vater in dieser Welt; in meinem Kopf dreht sich das Bild des Schattenreiters, der sich mit einem Messer in der Hand aus dem Fenster schwingt. Durch kurzes Kopfschütteln versuche ich die Erinnerung aus meinem Kopf zu verbannen. Ich nehme das Messer fester in die Hand und schlitze den unteren Teil meines Rockes ab. Wie zuvor auf der Treppe im Palast sinkt er, leicht wie eine Feder, zu Boden. Nickend bedeutet mir Leo, dass er die Sache mit dem Kleid für eine gute Idee hält, bückt sich und hebt den seidenen Fetzen auf. Fast noch leiser als vorher bewegt er sich weiter vorwärts. Entschlossen behalte ich die geöffnete Waffe in meiner Hand. Eine ganze Weile wandern wir in konzentrierter Stille nebeneinander her. Erst an der nächsten Wegkreuzung dreht er sich wieder langsam zu mir um. Stumm teilt er mir mit, wie er unsere Verfolger, die wir zwar noch nicht gehört haben, auf die wir uns aber schon seit unserer Flucht gefasst machen müssen, in die Irre leiten will. Diesmal nicke ich. Er biegt rechts ab, geht ein Stück

den Pfad entlang, lässt schließlich den Stoff meines Kleides fallen, dreht auf dem Absatz um und kommt zurück zu mir. Gemeinsam gehen wir weiter geradeaus, direkt auf das Lager der schwarzen Reiter zu. Auf einmal höre ich Schritte direkt vor uns im Wald; noch bevor ich merke, was passiert, zieht Leo mich hinter die nächste Böschung. Vorsichtig hebe ich den Kopf, um die Quelle der Schritte auszumachen. Zu meiner Überraschung sehe ich nicht einen in schwarz gehüllten Mann, sondern einen pfeifenden, in seinem Notizbüchlein kritzelnden, langen, schlaksigen Mann. Gut gelaunt tänzelt er durch das Waldstück. Erst als er an einem großen, erstaunlich regelmäßig geformten Stein angekommen ist, stoppt er. Immer noch mit einem Lächeln auf den Lippen guckt er nach rechts und links, um schließlich mit seinen dünnen Armen den Stein wegzuschieben als wäre er eine lästige Fliege, die sich auf den Plastikstuhl des Gegenübers gesetzt hat. Durch eine unnatürliche Verrenkung meines Halses erhasche ich einen Blick auf das Innere der Höhle, deren Zugang uns der mich so stark an einen Blutegel erinnernde Schreiberling des Generals gezeigt hat. In der Öffnung steht eine kleine Figur, etwa so groß wie eine Ankleidepuppe, ganz in Schwarz. Nach erneutem Kopfdrehen duckt sich der Mann, entkleidet die kleine Gestalt, die ich nun ganz sicher als Ankleidepuppe ausmachen kann, und streift sich den schwarzen Stoff über den unproportionierten Körper. Aus Überraschung schreie ich fast auf; zum Glück hält mir Leo, der nun auch neben mir aufgetaucht ist, die Hand vor den Mund. Erschüttert sinke ich neben ihm wieder hinter der Böschung zusammen; trotz meiner fehlenden Sympathie für den Protokollanten des Generals fühle ich mich verraten, hintergangen. Beschützend legt er mir eine Hand auf die Schulter: „Ich weiß – ich meine, ich habe vermutet, dass er irgendwas im Schilde führt, vertraut habe ich ihm nie. Aber nie wäre ich darauf gekommen, dass er der Maulwurf in unseren Reihen ist."
Lange folgen wir dem Maulwurf in der schwarzen Kutte, immer versteckt hinter einer Koralle, einem Busch oder Stein. Bald hören wir laute, angeheiterte Stimmen – dennoch bleiben wir erst, als er sich waghalsig auf einen steilen Abhang begibt, an einem sicheren Punkt stehen. Die Intensität der Stimmen ist nun am höchsten und auch die übrigen Geräusche des Waldes werden vollends von Gläserklirren und Gelächter übertönt. Ich sehe Leo

an: „Es ist so weit, oder?" Mit rührender Trauer in den Augen
nickt er mir zu: „Willst du das immer noch? Wir können einfach
umkehren, dem General erzählen, du hättest Angst gehabt und
wolltest nicht als Köder dienen – uns fällt sicher noch etwas
Besseres ein, wenn wir überlegen." Mit gesenktem Blick schüttle
ich den Kopf: „Nein, ich gehöre nicht hierher und du musst
deinen Vater retten; lass es uns durchziehen. Die Konsequenzen
wären für uns beide zu hart, wenn wir jetzt gehen würden; dieser
Ausflug hätte uns nichts gebracht." Bevor ich aufstehen kann,
zieht Leo ein rotes Tuch aus seiner Tasche und drückt es mir in
die Hand: „Vergiss mich nicht." Langsam schließe ich die Finger
um den weichen Stoff. In einem Moment der Stille schauen wir
uns in die Augen, die ganze Welt ist ruhig, doch in meinem Kopf
geht es vor wie in einem Actionthriller. Mein Gewissen lässt mich
alle meine Entscheidungen, seit ich hier bin, erneut überdenken,
mich an alle Situationen mit Leo denken und an Suria. Während
eines schwachen Moments möchte ich aufspringen, davonrennen.
Nur das Tuch, das ich fest umschlossen halte, beruhigt mich.
Schließlich stopfe ich das Gewebe in meinen Ausschnitt und
nicke meinem Entführer zu. Tief atme ich aus und gebe somit das
Zeichen, dass unser Plan nun in die dritte Runde geht. Sofort
ändert sich der Griff von Leos Hand auf meiner Schulter. Wie
Krallen bohren sich seine Fingerkuppen in meinen Nacken. Mit
der anderen Hand packt er meinen Arm und verdreht ihn gerade
so weit, dass es nicht wehtut. In einer Schrittlautstärke, die ich
ihm fast nicht mehr zugetraut hätte, schubst, schiebt und drückt
mich Leo an den Rand der Schlucht. Nachdem uns scheinbar
niemand bemerkt, erhebt Leo seine Stimme: „Bitte!" Augenblick-
lich senkt sich Stille über das Treiben der Reiter. Leo schubst
mich noch ein Stück nach vorne. „Ich bringe sie euch, ich will
aber etwas dafür haben." In der Schlucht kommt ein reges
Murmeln auf, aus der Mitte der Gruppe tritt schließlich der Mann,
der wohl mein Vater ist, hervor: „Und warum sollen wir sie uns
nicht einfach holen?" Er lacht. Scheinbar verunsichert tritt auch
in der Masse vereinzeltes Gelächter auf. Doch Leo lacht nicht,
wieder schubst er mich ein Stück nach vorne, ich hänge nun nur
noch an seinem Arm über der Schlucht; würde er loslassen,
würde mich das Gleichgewicht verlassen und ich gnadenlos in die
tödliche Tiefe stürzen: „Wenn sich einer auch nur auf zwanzig

Meter mir und ihr nähert, werde ich wohl einen plötzlichen Schwächeanfall erleiden." Um seine Worte zu unterstreichen, lässt Leo mich für eine halbe Sekunde los. Ohne Halt stürze ich sicher zehn Zentimeter in die Tiefe, bevor mein Entführer mich wieder fasst. Unten sind nun alle Blicke auf meinen Vater gerichtet, nach Sekunden, die sich für mich wie Stunden anfühlen, ergreift er das Wort: „Nun gut, was willst du?" Besänftigt zieht Leo mich wieder ein Stück nach oben: „Das ist ein Anfang. Ich will das Gegenmittel für meinen Vater. Ihr kennt ihn, denn ihr kennt mich; ihr wisst, was er braucht. Jetzt. Hier oben. Nur Fis Bruder kann die Prinzessin abholen und mir das Mittel bringen, nur ihn werde ich akzeptieren." Wieder dauert es lange, bis der Anführer der Schwarzen Reiter reagiert, dennoch nickt er schließlich. In einer einzigen Bewegung zieht Leo mich wieder sicher auf den Boden. Auch in die Masse in der Schlucht kommt Fahrt. Jemand geht in eine der Höhlen und mit einem Fläschchen, dass er meinem Vater übergibt, wieder heraus. Erst jetzt erkenne ich, wer der Mann unter der Kutte ist: der Maulwurf. Ich hefte meinen Blick auf ihn; erst als er meinen Blick erwidert, schüttle ich enttäuscht den Kopf. Doch der Vertraute des Generals verzieht keine Miene. Langsam schreitet mein Vater den steilen Hang nach oben, plötzlich vernehme ich von hinten laute Ausrufe und Befehle. Ich schließe die Augen – oh nein, nicht das noch – die Armee, wie schlecht kann Timing bitte sein? Doch es hilft nichts. Ich versuche durch Bewegungen Leo zu signalisieren, dass wir den Plan trotzdem durchziehen. Er lockert für einen Moment seinen Griff um mein Handgelenk und ich weiß, dass er mir zustimmt. Doch anstatt wieder zuzupacken, hebt Leo seine Hand und streckt sie nach vorne aus. Erst jetzt merke ich, wie lange ich abgelenkt war. Auf einmal geht alles ganz schnell. Ich höre die Schreie des Generals: „Da sind sie, der Verräter und die Prinzessin! Ergreift ihn!" Mein Vater drückt Leo das Gegengift für seinen Vater in die Hand und will nach meiner Hand greifen, doch Leo lässt nun auch mein anderes Handgelenk los und besiegelt damit mein Schicksal. Ein letztes Mal schauen wir uns in die Augen, bevor die Schwerkraft mich besiegt und ich die Klippe herunterstürze. Im Fallen höre ich einen von Leos Pfeilen durch die Luft sausen und den Schmerzensschrei eines Verwundeten. Dann ist alles weg.

Mit einem Rucken komme ich auf dem Grund des Schwimmbeckens auf. Etwas verwirrt, stoße ich mich mit beiden Beinen
vom Boden ab, immer in Richtung der Sonne, die sich ähnlich
wie in dem Perlenpalast auf der Wasseroberfläche spiegelt. Als
ich aus dem Wasser stoße, bin ich zwar immer noch etwas
durcheinander aber dennoch glücklich – und darauf kommt es
doch an, oder?

Annegret Meier

Den Sternen entgegen

Es ging damit los, dass alle gängigen Gesprächsthemen erschöpft waren und die Mitfahrer unter den Masken ebenfalls. Sie hatten schon über die zurückgelegte und die noch anstehende Länge der Fahrt, das Wetter, die Schule, den Verkehr sowie die Berufswünsche der Jugendlichen gesprochen und dabei herausgefunden, dass Paula an sich zwar so etwas werden wollte wie ihr Vater, aber eben auch sehen konnte, wie unsicher das Erwerbsleben als Archäologe sei und dass man ständig unterwegs sein müsste, Leo sich vorstellen könne, etwas Technisches zu machen, sich aber auch schon lange in Richtung Wasserwacht oder dergleichen engagieren wolle, damit Leute wie Paula nicht ertrinken, wenn sie sich am Beckenboden den Kopf stoßen, und Sophie noch keinen richtigen Berufswunsch hätte, denn Revolutionär sei ja zumindest kein Lehrberuf und da gäbe es auch noch keinen Masterstudiengang. „Aber immerhin Berufsrevolutionäre", sagte Paulas Vater. „Wahrscheinlich mehr als Kerzenmacher", meinte Sophie. „Es heißt ‚Kerzenzieher' und außerdem will ich das nicht beruflich machen", wandte Leo ein. – „Das habe ich auch nicht behauptet. Ich sehe nur nicht, welche Aussichten dieses Hobby in einer Welt von LEDs, Stromsparlampen und Umweltverschmutzung hat." – „Es gibt seit Jahrtausenden Kerzen und sie werden immer noch gekauft und zumindest im Herbst und Winter angezündet. Der Atzventzkrantz mit drei ‚tz' wird nicht von LED erleuchtet und eine Weihnachtspyramide kann man nicht mit Stromsparlampen betreiben. Ein Teelicht kann Getränke warmhalten, ein LED-Strahler nicht. Sie benötigen keine Verbindung zum Stromnetz. Man kann sie komplett aus abbaubaren Naturmaterialien herstellen. Mit dem Niederbrennen einer Kerze lässt sich die Zeit messen, mit dem Ausbrennen einer Glühlampe nicht. Und Kerzen brennen sogar in der Schwerelosigkeit – mit kugelförmiger Flamme." – „Und wofür soll das gut? Wenn in der ISS mal wieder der Strom ausfällt?" – „Kinder, vertragt euch", mahnte Paulas Vater. „Ich betreibe das ja auch nur als exotisches Hobby", beschwichtigte Leo. Sophie setzte nach: „Man könnte auch sagen: Weil du ein Hipster bist und sonst nichts kannst, was dich von der Masse abheben würde. Ballerspiele spielen halt viele andere auch – und bestimmt besser als du." – „Es heißt nicht

‚Ballerspiel', sondern ‚First-person shooter'.“ – „Genau das würde ich auch sagen, wenn ich Ballerspiele spielen würde.“ Dann
waren sie erst einmal still. Paulas Vater sagte nichts, denn er
wusste, wie kostbar und fragil diese Stille war. Leo wandte sich
schließlich an ihn: „Sie haben dafür eine aufregende Arbeit.
Archäologe muss so ein spannender Beruf sein, bei dem man die
Welt sehen kann! Paula hat mir ja erzählt, wo Sie schon überall
zusammen waren: In Ägypten, im Sudan, in Südamerika, in
Südostasien, in Syrien, am Schwarzen Meer. Da müssen Sie ein
richtiger Experte für diese ganzen Sachen sein!“ – „Nun ja, wie
man es nimmt. Schaufel, Erde, Ausgraben. Es ist eigentlich nichts
anderes als die Mülleimer von Toten zu durchwühlen.“ – „Das
kann ich mir vorstellen“, sagte Sophie, „meine Tante macht
Nachlasspflegschaften.“ – „So etwa. Die meisten Funde bestehen
aus dem Inhalt von Abfallgruben, denn intakte Dinge hat man in
der Regel nicht weggeworfen, sondern mitgenommen und weiterbenutzt. Und wenn es nicht gerade Pompeii und Umgebung ist,
wird in den meisten Fällen auch kein komplettes Gebäude
verschüttet.“ – „Wenigstens findet man Schätze“, meinte Leo.
„Die man dann abgeben muss“, ergänzte Paulas Vater. „Da
könnte ich meine Hand nicht ins Feuer legen.“ – „Du bist halt
auch so ein potentieller Sondengänger“, sagte Sophie, „wenn es
nicht glänzt, ist es nichts wert.“ – „Davon abgesehen ist es das
Erbe fremder Völker“, wandte Paulas Vater ein.
„Papa, die Maske juckt so!“, sagte Paula. „Die Maske bleibt
drauf!“ – „Warum musst du keine Maske aufsetzen?“ – „Weil der
Fahrer keine Maske tragen darf. Wenn ihr Masken tragt, könnt ihr
mich theoretisch nicht anstecken und weil ich zu Hause gearbeitet
habe, kann ich nicht infiziert sein und euch also auch nicht
anstecken. Es hat seine Ordnung.“ – „Ich frage mich, wie das
überhaupt weitergehen soll?“, fragte Sophie gleich auch die
anderen. „Auf jeden Fall nicht mit einer Corona-Diktatur, wie die
Leute im Internet behaupten“, sagte Leo, „denn dann würde die
Eindämmung ja funktionieren.“ – „Es sind solche Leute wie du,
die eine Diktatur überhaupt erst möglich machen. Wenn auch
nicht jetzt“, Sophie setzte sich auf. Paulas Vater suchte nach
einem Ausweg aus dieser Diskussion, die mit zunehmender
Dauer der Fahrt nicht einfacher zu werden versprach. Er sah sich
um: Im Seitenfach der Beifahrertür steckte der ADAC-Atlas, auf

dem Beifahrersitz lag seine Aktentasche. „Sagt mal: Seit letztem Jahr gibt es an eurem Gymnasium doch diese Buchreihe, in der Beiträge von Schülern veröffentlicht werden. ‚Demonstratio Evangelica' oder dergleichen. Wollt ihr auch etwas einreichen oder worum sollte es eurer Meinung nach in dem nächsten Buch gehen?" – „Ja, das machen die Leute im Keller gegenüber der Schulbibliothek in ihrer AG", erklärte Sophie, „aber ich bin dort noch nicht gewesen. Mittwoch ist so ein ungünstiger Tag. Und dann kam ja auch die Pandemie." – „Ich finde jedenfalls", sagte Leo, „es sollte mal eine zusammenhängende Geschichte sein; kein Sammelband, sondern ein richtiger Roman. So ganz von vorne und ganz von Anfang an." – „Du weißt mit Worten umzugehen", sagte Sophie, „solltest auch mal hingehen. Jedenfalls würde ich es gut finden, wenn es um die Probleme unserer Zeit gehen würde und unsere Mitschüler sich mal fragen, wie es eigentlich in ihrer Zukunft aussehen soll. Greta hin oder her, ich habe mehr Angst vor der Diktatur von morgen als dem Klima von übermorgen. Das sollten die Leute mal thematisieren, denn das ist für uns aktuell. So etwas sollen Leute schreiben, die heute jung sind, denn es betrifft sie am meisten." – „Wie würde man denn eine solche Geschichte aufbauen?", fragte Paulas Vater. „Also ich würde es gut finden", warf Leo ein, „wenn der Held so ein ganz normaler Mensch wäre, kein richtiger Held. So ein *unlucky everydude*, wie unsere Paula." – „Der einzige *everydude* in diesem Fahrzeug bist du, Leo", sagte Sophie. „Jedenfalls mag ich Geschichten, bei denen der Held mit den Füßen auf der Erde bleibt, kein Superheld. Eine Geschichte muss ja zeigen, wie der Held mit Hindernissen konfrontiert wird. Und wenn er so ein Durchschnittsmensch ist, kann er auch unsere Probleme haben." – „Das stimmt wohl," sagte Paulas Vater. „Die Geschichte sollte auch zeigen", ergänzte Sophie, „wie undurchschaubar groß und komplex unsere Welt ist und wie klein und unbedeutend der Einzelne." „So ähnlich habe ich es ja gemeint", sagte Leo. „Aber nicht gesagt", erwiderte Sophie. „Sie muss aber auch einen Ausweg zeigen, wie der Einzelne trotzdem einen Unterschied machen kann, wie er dem begegnen soll, wie er leben soll; und wofür." – „Das sind gute Ideen", pflichtete ihr Paulas Vater bei. Alle überlegten.

„Ich denke mir", meinte Paula nach eine Weile, „dass es auch wichtig ist, wie die Hauptfigur die Welt erfährt. Ob sie schon fest in sie eingebettet ist und ein ganz bestimmtes Zahnrad an einem ganz bestimmten Platz, das nur seine Arbeit verrichtet, oder ob die Welt ihr und dem Leser gleichermaßen fremd ist und man sie zusammen erkunden kann. Das würde ich gut finden." Paulas Vater war stolz auf seine Paula, ließ sie es aber nicht merken. „Kennt ihr das Fünf-Akte-Schema im Drama?", fragte er. „Also die Idee, dass die meisten Geschichte nach einem bestimmten Spannungsbogen aufgebaut wären?" – „Die meisten schon", sagte Sophie, „nur die guten nicht." Paulas Vater hielt sich vor Lachen am Lenkrad fest: „Du gefällst mir." – „Ich weiß", sagte Sophie. „Meinen Sie damit die Idee, dass im dritten Akt der Höhepunkt kommt, im vierten so ein Moment, bei dem ich den Namen nicht mehr weiß, und im fünften die Auflösung?", fragte Leo. „Ja, das meinte ich. Es heißt übrigens ,retardierendes Moment'. Ist Deiner Meinung nach etwas dran?" – „Irgendwie ja. Es muss in der Geschichte so einen Twist geben, so einen Moment, in dem die Dinge sich unerwartet ändern. So ein Augenblick, in dem man sagt: Damit hätte ich jetzt nicht gerechnet!" – „Ich denke, dass Du folgendes meinst", erklärte Paulas Vater, „es ist ein häufiger zu beobachtendes Phänomen, dass etwa kurz vor dem letzten Drittel eines großen Buches ein Ereignis eintritt, das nicht in der Macht der Akteure steht und direkt auf diese einwirkt. Es zeigt eine neue Facette der Charaktere auf, da sich die etablierten Rahmenbedingungen ändern und so erstmals nicht mehr die Akteure die Handlung treiben, sonder von ihr getrieben werden." – „Das leuchtet mir ein", sagte Sophie. – „Woran könnte man denn in so einem Buch bei dieser Veränderung denken?", fragte Paulas Vater. „An Liebe", sagte Paula. „An Revolution", sagte Sophie. „An Krieg", sagte Leo.

„Es kann vieles sein", meinte Paulas Vater. „Vielleicht auch eine Naturkatastrophe oder eine Seuche – oder alle zusammen." – „Oder wieder eine Diktatur!", sagte Sophie. „Sophie immer und ihre Diktatur." Leo lehnte sich zurück, Sophie nicht: „Nur weil Du die Spaltung der Gesellschaft und Stärkung der Extreme nicht erkennst, heißt das nicht, das sie nicht vorhanden wären. Ich weiß selbst nicht, was schlimmer wäre: Die Diktatur jener, die glauben, dass es 72 Geschlechter gibt oder die Diktatur jener, die glauben, dass man alle an die Wand stellen müsste, die glauben, dass es 72 Geschlechter gibt. Oder ob das schlimmste nicht solche Kriegstreiber sind, wie der Leo." – „Du bist ganz schön frühreif!", meinte Paulas Vater. „Jedenfalls würde ich ein Buch gut finden, das darauf eingeht."

Paula dachte nach: „Vielleicht wäre es aber auch eine gute Geschichte, wenn man nicht sieht, wie die Hauptperson durch das Entstehen einer Diktatur verändert wird, sondern das gewissermaßen *off screen* passiert ist. Also jemand kommt aus dem Urlaub zurück, aber sein Haus ist nicht mehr da." – „Verflixte Miethaie!", sagte Sophie. „Das wäre dann wie in einer postapokalyptischen Geschichte", kehrte Leo zum Thema zurück, „da geht es ja auch mit dem Untergang der Welt los und nicht mit dem Alltag der Hauptfigur. Da sieht man Leute gleich auf die neuen Bedingungen reagieren. Die Welt vorher muss man nicht darstellen, das ist ja unsere." – „Mein guter Leo", belehrte Sophie, „eine Diktatur *ist* für viele Menschen, Kulturen und Völker der Weltuntergang, da sie danach nicht mehr existieren!" – „Auf jeden Fall passt es", meinte Leo, „wenn ich auch nicht weiß, wie man sich das praktisch vorzustellen hat. Man wird ja nicht plötzlich wach und – zack – ist Diktatur." – „Nun ja, wer mit dem Liberalismus ins Bett geht …", sagte Sophie.

„Dann müsste natürlich die Wende im letzten Drittel eine andere sein", überlegte Paula, „und man muss es erst mal schaffen, den Anfang noch zu übertreffen, wenn er schon so schlimm und anders und unerwartet ist." – „Da habe ich gleich noch eine gute Idee", warf Leo ein. „Streicht es euch im Kalender an", sagte Sophie, „ihr seid Zeugen eines seltenen Ereignisses!" Leo machte sich nichts daraus, er war behäbig: „Ich denke mir nämlich, dass unsere Mitschüler etwas machen könnten, das große Autoren nicht können. Denn wer für ein großes Publikum schreiben will, muss ja immer darauf achten, dass auch jeder das Buch verstehen kann, der es liest. Das können und sollen aber ganz verschiedene Leute sein. Die Teilnehmer in der AG schreiben dagegen ja Bücher für uns, für die Schüler, Lehrer, Eltern, Verwandten, Absolventen um unsere Schule herum, also ganz regional. Und wenn man jetzt so eine Apokalypse in der Umgebung spielen lässt, die alle kennen, wirkt das doch ganz anders, da könnte man doch viel herausholen, das ist doch noch viel erschütternder." – „Du meinst, man könne in diesem Fall, wie in der Fachliteratur, die ausschließlich für ein Fachpublikum mit Vorwissen geschrieben ist, unter den konkreten Umständen auch in der Belletristik auf einen bereits bestehenden gemeinsamen Referenzrahmen rekurrieren?", fasste Paulas Vater zusammen. „Jupp", sagte Leo. „Wie stellst du dir das vor?", fragte Sophie. „Stehen dann die Braunhemden zwei Straßen von unserer Schule entfernt und drei Straßen weiter wird der Bäcker, bei dem du sonst deine Pizzabrötchen kaufst, von der Gestapo abgeholt?" Leo nickte: „Wenn es so eine Geschichte gäbe, würde ich das schon ziemlich *nice* finden." Paulas Vater unterband lieber dahingehende weitere Diskussionen: „Wenn das so konkret wäre, dann müsstet ihr ja damit rechnen, dass eure Klassenkameraden auch reale Menschen, die sie kennen, als Vorlage wählen – als etwa auch euch. Welche Rolle würdet ihr euch in so einer Geschichte zuschreiben?"

„Zumindest beim Leo weiß ich's", meldete sich Sophie, „jetzt denkt er nämlich, sobald er nur im Startbildschirm unter ‚Spiel', ‚Optionen', ‚Steuerung' seine Nahkampfwaffe auf die 1, Pistole auf die 2, Sturmgewehr auf die 3, Schrotflinte auf die 4, Raketenwerfer auf die 5 und Granaten auf die 6 gelegt hat, Sprinten auf ‚Umschalttaste links', Waffe nachladen auf ‚r' und schnellspeichern und schnellladen auf linke und rechte Maustaste, hat das Regime nur noch wenige Level zu leben. In Wirklichkeit würde er natürlich überhaupt nichts machen, die Augen verschließen, seinem Alltag nachgehen und am Ende sagen: ‚Wir haben von nichts gewusst.' Obwohl, letzteres wäre bei ihm vielleicht nicht mal so weit von der Wahrheit entfernt." Leo entrüstete sich: „Kannst du denn mit Sicherheit sagen, was du machen würdest – oder auch nur, wie man dich darstellen würde?" – „Das kann ich nicht und hoffe auch, dass ich es nicht können muss. Ansonsten wäre ich sowieso nur eine Nebenfigur. Ich habe nicht das Zeug zur Hauptfigur. Aber eine solide Nebenfigur ist ja auch etwas schönes. Schrullige Nebenfiguren beleben eine Geschichte. Sie sind das Salz in der Suppe." – „Und dicke Atmosphäre", sagte Leo, der schon weiterdachte, „die darf nicht fehlen; man muss sich richtig hineinversetzen können." – „Wie siehst du dich denn, Paula?", fragte Sophie. „Das weiß ich gar nicht", antwortete Paula. „Ich kann mir gar nicht vorstellen, wie ich in so eine Welt kommen sollte, geschweige denn, wie man mich darstellen würde. Papa, weißt du denn, wie man dich einbauen würde?" – „Wahrscheinlich gar nicht", sagte dieser. „Mich kennt ja keiner. Vielleicht als Hintergrundfigur, von der nur gesprochen wird, die man aber nicht sieht. Aber sagt mal, was sollte denn in der Handlung einer solchen Geschichte nicht fehlen?" – „Also auf jeden Fall Abenteuer, spannende Kämpfe, was mit Schleichen und Sabotage und Nacht und Nebel", platzte es aus Leo heraus. „Und vielleicht noch was zum Spielen?", fragte Sophie. Paula hielt inne: „Man darf auch die Emotionen nicht vergessen, die man nachfühlen kann. Man muss spüren, wie kalt und gefährlich so eine Welt wäre, wie sie die Menschen belastet, sie aber trotzdem noch Hoffnung haben können." – „Und nicht zuletzt geschliffene Dialoge in einem angemessenen Stil, in dem über die Hintergründe gesprochen wird und in denen es Zitate gibt, die man mitnimmt, auch wenn man das Buch zugeklappt hat", ergänzte Sophie. Paula dachte weiter: „Überhaupt braucht es eine Aussage. Es nutzt ja nichts, wenn es in unserer Umgebung von einer schlimmen Zukunft handelt, aber eigentlich nur spannend ist. Es muss ja etwas geben, dass es uns sagt, sonst könnte man auch irgendwelche anderen Sachen erzählen. Es muss schließlich einen Grund geben, dass man genau diese Geschichte ausgerechnet und speziell für uns erzählt." Paulas Vater spürte die richtige Richtung: „Du meinst, dass Handlung und Aussage in einem bestimmten Verhältnis stehen müssen und die Handlung ohne Aussage gar nichts wäre?" – „Ja, das denke ich", sagte Paula. „Richtig pfiffig würde ich es ja finden", meinte Sophie, „wenn es mehrere Aussagen gäbe, also etwa eine für den Durchschnittsleser und eine für den Leser, der mehr Ahnung von der Materie hat. Das müsste gerade gehen, wenn das Publikum so überschaubar ist und für die verschiedenen Klassenstufen. Also der Leo liest es nur als Abenteuer und Schleichen und was zum Spielen und Paula liest es auch als eine politische Erzählung. Wisst ihr, wie ich es meine?" – „Das könnte ich mir gut vorstellen", sagte Paula. „Einen guten Titel braucht man natürlich auch", ergänzte Leo. „Die letzten waren ja eher schwach, mit den lateinischen Sachen. Da fehlt der Knalleffekt. Hoffentlich lassen sich die Leute mal was einfallen." – „Ich sehe schon", meinte Paula lachend, „am Ende müssen wir so eine Geschichte selbst schreiben!"

Paulas Vater beschleunigte. Es stand ihnen noch eine lange Fahrt bevor und die Dämmerung hatte gerade erst begonnen.

R.

Paulas Schicksal soll in einem künftigen Band der Reihe „Praeparatio Evangelica – Schriften des Christlichen Gymnasiums Jena" weitererzählt werden.

Von Hansjoachim Andres, einem der Herausgeber, ist erschienen:

Kolumbus – Versdrama in fünf Akten, ISBN 9783842367333

Verserzählungen, Gedichte und Balladen – Band 1,
ISBN 9783844806847

Helenos und Helena – Fabel in Versen aus einem trojanischen
Krieg, ISBN 9783744814966

„Wer hat eigentlich zuletzt in Blankversen gedichtet? Bertolt
Brecht hat das getan, im ‚Arturo Ui‘. Dabei hat er den Vers
ebenso wie nach ihm Heiner Müller aus Gründen der ironischen
Subversion noch einmal ausgepackt. Johannes R. Becher hat ihn
dann wieder ganz ernsthaft benutzt, und auch Rolf Hochhuths
Skandalstück ‚Der Stellvertreter‘ von 1963 war ja in einer Art
Blankvers geschrieben, aber, na ja. Andres nun imitiert ebenso
ernsthaft Shakespeare und Schiller.“

DIE WELT über „Kolumbus“